很慢的果子

閱讀與文學批評

陳芳明

目錄

很慢的果子　序　5
第一章　閱讀就是旅行　15
第二章　新批評的細讀　25
第三章　一切從閱讀出發　37
第四章　夏志清與新批評在台灣　45
第五章　奇異之花：現代主義的美學　61
第六章　巴塔耶與文學之惡　71
第七章　葉石濤與鄉土文學理論　87
第八章　後現代與後殖民的糾葛　97
第九章　薩依德與後殖民史觀　107
第十章　後殖民的「後」始於何時　119

第十一章　後現代與後殖民的「去中心」　129
第十二章　殖民·再殖民·後殖民　139
第十三章　文化認同與民族主義　153
第十四章　後現代與語言的轉向　165
第十五章　符號·意義·邏各斯　177
第十六章　讀者的誕生　189
第十七章　傅柯與新歷史主義　203
第十八章　詹明信與後現代主義文化　215
第十九章　誤讀與影響的焦慮　229
第二十章　管窺女性主義理論　245
第二十一章　女性研究的文化意義　259
第二十二章　後設小說改變了什麼　273

很慢的果子 序

台北市辛亥路與基隆路的交叉處，路邊有一個點著亮燈的攤販，長年在那裡賣水果。六月初夏，無意間看到他掛著一個牌子寫著：「很慢的芒果」，一時不能回神過來。等到駕駛車子進入辛亥隧道之際，我才頓悟那是台語發音「很慢的」，也就是「現採」、「現摘」的意思。終於理解時，我不禁莞爾一笑。好傳神的語言，似乎帶著雙關語，既喻果實慢慢成熟，亦喻現摘的果實很新鮮。如此生猛的用語，恐怕不是學院派所能理解並接受。凡是講求文字精準語意的學究，終於不免變成文字障。如果從後結構語言學來看，文字從來都是可以用來發明，而不是用來規範。路邊攤販永遠不知道理論，卻可以活用文字的雙軌意涵。跨越在國台語之間，使文字的聲音與意義產生互補作用。

我挪用路邊攤販的創意，將此書命名為《很慢的果子》。這本書，其實是改寫自政大中文系我開授「文學批評」的講綱。從二〇〇一年開始，這門課一直受到學生的歡迎。最初，「文學批評」與「台灣文學史」兩門同時開課，卻因學生過多，遂決定將兩門課改為隔年開授一次。有了區隔之後，每年可以專注在一門課程的準備。在講綱的基礎上，慢慢衍生成書。《台灣新文學史》[1]終於出版於二〇一一年，對自己，對學生，對中文系，總算有了交代。如今，又過三年，「文學批評」的授課內容也逐漸修訂成書，而以現在的面貌呈現。

《很慢的果子：閱讀與文學批評》，確實是很慢的一本書。從最初的大綱設計，直到較為成熟的內容，中間經過了十餘年的修改。書中所介紹的西方文學理論，為的是讓中文系的學生可以理解。以較為淺白的語言，使習慣古典文學訓練的學生易於理解與接受。傳統文學與現代文學之間的嫁接，存在著很大斷層。當代文學批評的理論，無疑是西方的舶來品。如何與中文系學生建立對話，是最初開授這門課程的最大挑戰。在教學過程中，始終都把這門課視為入門的介紹。所有的文學理論都有它各自文化的背景，當它傳播到不同的國度時，那些原有的文化內容並不可能一併傳播過來。具體而言，當我們捧讀一本文學理論原著，顯然無法接觸真正的歐洲社會。更精確來說，所有的理論都有其深厚的歷史根源，透過文學書的閱讀，根本不可能接觸到實質的文化脈絡。

薩依德曾經寫過一篇論文，是〈旅行中的理論〉（"Traveling Theory"），討論的是異國理論如何被接受。他說，所有的理論都有其發生的根據地。但是，理論離開原地後，就無法預測會在什麼地方產生影響。通常理論到達一個新的地點，往往會遭到抗拒，因為那是外來的、陌生的。經過相當時間的接觸後，理論終於還是會受到包容（accommodation）而慢慢在地化。後來，他又寫了另一篇文章〈旅行中的理論再思考〉（"Traveling Theory Reconsidered"），又進一步解釋，受到包容的外來理論，最後會產生新的解釋，新的意義，新的內容。

薩依德的解釋在於指出，理論的接受之所以造成困難，乃在於理論原創者與接受者之間的文化落差相當巨大。即使理解理論，也只是片面地、表面地去接受另外一個社會

[1] 陳芳明，《台灣新文學史》（台北：聯經，二〇一一）。

所產生出來的思維方式。理論的接受，並不可能完全理解它原來的社會根源與文化背景。這種去脈絡化的理論傳播，對於不同國度的接受者顯然是很大的考驗。所謂理論，其實是建基在特定的歷史經驗之上。未曾經歷那樣的歷史過程，就很難理解理論所要詮釋或解決的目標。這些西方的後結構與後現代理論終於在一九八〇年代的台灣登陸，一定有它必然的文化要求與政治要求。如果台灣沒有捲入全球化浪潮，沒有解除高度戒嚴的威權體制，沒有發生和平演變的民主運動，則這些文學與文化理論很有可能與台灣知識分子完全絕緣。在歷史轉型期，台灣社會逐漸走向開放的社會，似乎到達一個成熟階段，足以接受具有批判思維的西方文學與文化理論。

一九六〇年代後結構主義的崛起，基本上都與索緒爾的《普通語言學教程》（*Course in General Linguistics*）[2]有密切關係。而這種語言學不僅適用於解析西方的語言使用，同時也很容易應用在東方的不同語言結構。這種語言學概念的發現，對於現代知識所產生的衝擊可謂相當巨大。語言學應用於歷史、哲學、人類學、社會學、心理學的分析與研究，再度挖掘了各個知識領域的深層結構。語言與文字，或者聲音與書寫，往往不可能負載精確的意義，因為它只是概念、思維的容器，並不可能替代具體的實物。不幸的是，人類的知識傳播大部分是依賴語言與文字的嫁接。歷史上所有的思想家或知識建構者，在傳播他們所信仰的真理時，也都必須借用文字的書寫或語言的傳達。為了解釋一個真理，就更迫切需要浩繁的文字與語言來說明。寫得越多，說得越多，反而距離真理越來越遠。現代語言學的成立，就在於指出語言與文字的不準確或不正確。如果可以理解語言結構的奧祕，才有可能掌握到文學批評的奧祕。

索緒爾語言學理論的最大貢獻，莫過於發現近代知識結構裡暗藏了許多偏見。語言與文字的發表，往往出自於權力在握者。藉由語言與文字所建構起來的近代知識，自然也挾帶著西方當權者或既得利益者的傲慢與偏見。無論是歷史學、政治學、經濟學、心理學的構築，都無可避免滲透了種族、性別、階級的偏見。西方白人男性資本家所建立起來的近代知識，最初就已經挾帶著歐洲中心論、男性中心論、異性戀中心論、資本家中心論。一旦接受西方知識，立刻就落入了種族歧視與性別歧視的陷阱。後結構主義理論的崛起，在於點出近代知識裡所暗藏的偏見與陷阱。

[2] Ferdinand de Saussure著。劉麗譯。《普通語言學教程》（*Course in General Linguistics*）（北京：中國社會科學出版社）。

台灣社會在一九八〇年代展開民主運動時，德希達、傅柯、羅蘭・巴特的理論，也適時介紹給台灣知識分子。對於一個正要進入民主階段的社會，後結構理論的引進，確實帶來相當深遠的影響。甚至在二十一世紀的今天，仍然可以感覺那種影響歷久不衰。文學為什麼需要批評？理由已經相當明白。如果知識建構者都在表達他個人的價值觀念，而這些觀念其實有太多的偏見與侷限，在接受之餘能夠不產生警惕嗎？同理可證，所有的文學創作者，都在發抒他個人的價值觀念與生命理念，其中的洞見、偏見與不見，也暗藏在詩、小說、散文、評論的文字裡。文學閱讀，誠然是一種把忍受化為享受的過程。在分享之餘，不免也會關注作者所傳達的信仰與信念。對作者觀點的接受，是屬於一個重大時刻。在閱讀過程中，很有可能把文學作品裡的偏見也一併接受下來。文學批評的任務，就在於辨識文學作品中的洞見與偏見。

台灣讀書市場出現較為嚴謹的文學批評，應該是一九六〇年代現代主義臻於高峰之際。由夏濟安、夏志清兄弟所引介進來的新批評（new criticism），對於當時的閱讀生態產生了重大衝擊。透過《文學雜誌》、《現代文學》、《文星》、《純文學》的大量提倡，新批評的實踐終於蔚為風氣。一九七〇年代初期，台大外文系的顏元叔教授，更是高舉新批評的旗幟，在他所創辦的《中外文學》極力提倡。文學批評在這段時期升格為知識界的嚴肅訓練，應該要歸功於新批評運動的推波助瀾。現代文學創作者，往往是兼具新批評的實踐者。余光中、齊邦媛、葉維廉、王文興、歐陽子、楊牧、鄭樹森，都扮演著相當關鍵的發言者。正是經過了新批評的階段，台灣學界才能夠順利到達結構主義與後結構主義的時期。把文學批評從創作者的手中分離出來，是新批評運動的最大貢獻。縱然新批評的實踐者基本上也是創作者，但他們一旦介入批評工作時，仍然嚴守著實踐的紀律。

文學批評的基礎，必須建立在大量的閱讀。新批評的實踐，都是從慢讀、精讀、細讀的方式在進行。細讀（close reading）是貼近文學作品的最好方式，尤其在現代主義的影響下，作者往往在字裡行間暗藏許多象徵、隱喻、寓言。同時，也置入有關夢的再現，以及各種隱晦的心理狀態。閱讀時，如果錯過其中的關鍵暗示，往往很難進入作品的世界。尤其是從內心所挖掘出來的感覺，牽涉到記憶的流動，慾望的浮現，情緒的衝擊。那種細微的描寫，有時需要文字的鍛鑄，或形象的濃縮。在最精煉的文字裡容納最豐富的意義，而這是必須藉由精讀才能夠到達的境界。在現代主義時期所開發出來的文字煉金術，最擅長把文字當作一種容器，可以負載程度不同的氣味、溫度、顏色。細讀是新批評的重要試金石，可以檢驗一首詩、一篇散文、一部小說的藝術高度與深度。

精讀與細讀，並非是一種專業，而是一種態度。所謂閱讀，絕對不是停留於瀏覽或翻閱，而是以細讀與精讀方式循序漸進，過程極其遲緩。就像果樹的開枝散葉那樣，在時光裡慢慢成熟，慢慢結果。當一篇批評文字完成時，也是收獲果實的時候，那是現摘的，也是新鮮的。所以這本書開宗明義第一章，立即指向各種不同方式的閱讀。在教室裡的第一堂課，我總是這樣提醒學生：每翻開書籍，從第一頁、第一行、第一個字讀起，批評工作也就立即展開。閱讀的最佳境界，並不止於「懂」（understand），而是可以臻於洞察（insight）、貫通（comprehension）的層次。文學最迷人之處，莫過於在不同年齡層的閱讀，在同樣文本裡，常常可以讀出歧異的意義。

《很慢的果子》終於結集成書，彷彿參與了一株果樹的緩慢成長。

陳芳明

二〇一五・三・九政大台文所

（感謝我的學生林靜宜的協助校對，使錯誤降到最少。感謝《文訊》總主編封德屏特闢專欄供我發表本書初稿，也感謝編輯杜秀卿每月的督促。更感謝我的兩位助理陳怡蓁、徐緯多年來的協助。）

第一章

閱讀就是旅行

旅途上的心靈移動

閱讀無所不在，時時刻刻都在發生，點點滴滴都在累積。凡目光所及之處，便是閱讀的開始。在公車或捷運上所看見的生活百態，是一種閱讀；在美術館或音樂廳欣賞藝術的演出，也是一種閱讀；顏色的濃烈與黯淡，聲音的高昂與低沉，都緊緊繫住情緒的流動，更是一種閱讀。文學閱讀，牽涉到讀者的生命經驗與生活脾性。面對靜態文字時，也會在內心開啟顏色、聲音、氣味、溫度的感官回應。這是在生命成長中慢慢建立起來的美學原則，對應著文字的召喚，而引發獨一無二的感覺。那種感覺神祕而奧妙，完全是非常入戲的演出。

真正的閱讀，不可能停留在靜態的層面。靈魂與符號接觸之際，自然而然會產生動態的想像。「書中自有顏如玉」，可以做另外一種解讀。每個人在心目中，都各自供奉著特殊獨一無二的形象。《紅樓夢》描繪的賈寶玉與林黛玉，在不同讀者心中，都以不同面貌呈現。張愛玲（1920-1995）筆下的紅玫瑰與白玫瑰，白先勇（1937-）筆下的尹雪豔，往往像幽靈一般，出沒在每位讀者所捧讀的小說裡。當小說改編成電影時，常常會讓讀者失望，因為影片中的人物，與他心目中的形象，產生極大落差。讀者的美學原則，已經預先塑造屬於他內心的特定面貌，這正是文學最為迷人之處，可供不同世代，不同族群，不同性別的讀者，做無窮盡的開發。

翻開一本書籍時，心靈的旅行就從此展開。在旅途上，無法預測將會認識怎樣的作者，也無法預設以怎樣的心情欣賞。如果遇見一位從未謀面的作者，那必然是全新的經驗。如果是熟悉的作者，也並不必然就是如數家珍。畢竟有太多作者，時時變換心靈景觀，常常帶來訝異與驚喜。如果每本書就是一個驛站，在閱讀中可供寧靜思考，也足夠蓄積更多能量，繼續下一階段的旅行。在不同人文景觀中持續旅行，有時是風和日麗，有時是驚濤駭浪；但無論是漫遊或跋涉，到達終點時，將換取愉悅的心情。

把閱讀視為心靈的探險，似乎恰如其分。遇到一本書之前，內在感覺也許陳舊，但經過閱讀的洗刷，心靈彷彿鬆上一層光彩，使心靈注入新的躍動力量。時間移動之際，往往與生命相偕蒼老，不可能賦予青春的動力。閱讀，則有可能使既有的心靈結構發生變化。與不同的作者對話，與不同的文本鑑照，可以細膩地反映讀者生命的格局。尤其在深夜的寧靜時刻，捧讀一本陌生的書籍，彷彿是接讀遠方的信息。從另一個時空源源不斷傳來豐富的信息，不僅輕微敲打沉寂的心，也讓尺幅有限的生活燃起新的想像。不管作者有多陌生有多熟悉，好像是前來邀請去探索他曾經走過的世界。

經過旅行的洗禮，心靈因此而加寬加深。一本書可以使生命墊高一點點，從而看待世界的方式也會不一樣。因為是出發去旅行，等於是走出受到拘囿的環境，去發現從未發現的世界。男性讀者因為讀女性小說而察覺性別差異，同樣的，漢人讀者讀過原住民文學之後，當可發現族群差異。異性戀讀者一旦敞開心靈，解讀同志小說後，也可認識全新的美學價值。有限的人格需要展開心靈的旅行，讀過女性、原住民、同志的文學作品後，自然而然可以體會原有價值觀念的狹隘。在不同文本之間旅行，其實是為了卸下僵化的文化中心論，無論那是男性沙文主義、漢人沙文主義，或異性戀沙文主義。放下這些枷鎖時，靈魂就可以展開更長遠的旅行。這種旅行，引領讀者去看見生命中所看不見的世界。閱讀的效應，就是有這麼大。

文本閱讀與脈絡閱讀

閱讀的實踐，是文學批評的基礎功夫。在字裡行間穿梭時，好像在大街小巷或高山流水迂迴前進。有時是散步，有時是攀爬，端賴文本的難易。讀散文，可以容許漫步；讀詩，也許需要攀爬；讀理論，大約就是跋涉。所有的旅行方式，就是為了更清楚看到風景的真貌。

現代主義運動對台灣作者與作品的最大衝擊，莫過於新批評的引介。它優先的影響，便是要求讀者在閱讀時，無須考究作品背後的作者。文學呈現出來的美學高度與深度，在作品中就可檢驗出來。即使理解了作者的生平、身世與經驗，完全不能幫助對作品的解讀。具體而言，作品本身就有內在的有機結構，流動其中的文字藝術或象徵手法，無需與作者的時代背景與生命歷程連結在一起。

確切地說，新批評鼓勵讀者進行自主性的閱讀。這樣的方式，應該是屬於文本性的閱讀（textual reading）。避免受到作者的干擾，讀者可以專注在作品的內在世界。尤其是現代主義的作品，負載許多被壓抑的符碼，容許讀者借助心理學或社會學介入其中，反而可以發現作者未曾察覺的意義。換言之，讀者打開書籍時，不必費時去考證作者的心路歷程，逕行與作品展開對話。讀者的地位，不再屈居作者之下。即使不能平起平坐，至少可以獨立自主地進行詮釋。這是文學批評爭取了前所未有的發言權，也為日後的讀者開啟廣闊的想像空間。

但是，這並不意味讀者與作者中間永遠存在著緊張關係。羅蘭・巴特（Roland Barthes, 1915-1980）說：「讀者的誕生，是以作者之死為代價。」這段話的主旨在於使讀者獲得更廣闊的閱讀空間，而無需受到作者的干涉。事實上，文學作品完成時，作者也成為讀者其中的一個成員。畢竟，創作時是一種情境，完成後又是另一種情境。有些作者在晚年重新檢討自己的少作時，也會發現最初的千瘡百孔。這恰好足以說明，所有的作者並非是他自己作品的最後詮釋者。當作者加入讀者的行列，他的詮釋也只是千萬種觀點的其中一種。具體而言，如果早年作品也成為一種風景，作者當然也可以跟著讀者一起去旅行，重新發現他過去未曾發現的視野。

無論是作者不死或作者該死，文本永遠是向讀者開放。純粹的文本閱讀，基本上在於挖掘其中的文字技巧，象徵意義，美學觀念。以現代詩閱讀為例，在詩行之間逡巡時，總是忍不住會去檢驗文字音色，節奏快慢，顏色濃淡，情緒高低，以及內在邏輯。但是一首詩的意義，絕對不止於此。一個美國現代詩人，也許耽溺於技巧與形式的營造。這種表現方式，適合以文本閱讀的方式來貼近它。不過，對於台灣的現代詩人而言，他們選擇以迂迴方式來表達內心被壓抑的情緒，也許就不是藉由文本閱讀便可到達他們的靈魂底層。五〇、六〇年代的台灣詩人，往往積壓太多不能說又不能不說的困境，捧讀這樣的作品時，恐怕不是純粹的文本閱讀可以企及。

當文學創作與時代環境存在著千絲萬縷的關係時，在文本閱讀之外，可能還需要進一步的脈絡閱讀。所謂脈絡式閱讀（contextualized reading），便是把文本置放在歷史、社會、政治、經濟的文化脈絡來考察。或者更精確地說，讓文本通過階級、性別、族群的議題來檢驗，反而可以釐清創作者的發言位置。這種閱讀方式，在晚近的文化研究熱潮興起之後，可謂屢見不鮮。對於第三世界的作家而言，他們長期受到帝國權力的干涉，在美學思維上，也滲透了第一世界的價值觀念。尤其在殖民地社會，脫離帝國權力的支配之後，似乎對於文化主體性的建構特別感到焦慮。殖民地文學與後殖民文學，容納太多的創傷與挫折，在閱讀時不可能只停留在文字技巧的層面。

閱讀馬奎斯（Gabriel García Márquez, 1927-2014）與村上春樹（1949-），正好代表兩種取向。前者的文本牽涉到中南美洲的歷史記憶，後者的小說則與全球化浪潮息息相關。馬奎斯是屬於後殖民文學，村上春樹無疑是後現代文學。進入後殖民作家的靈魂時，可以感受到記憶（memory）與失憶（amnesia）之間的拉扯力道。但是閱讀後現代文學時，可以體會批判文化與消費文化之間的辯證關係。從事脈絡閱讀時，總是很難擺脫歷史與社會的沉重氛圍。至少在字裡行間可以察覺，作者與他的時代進行一場無盡止的對話。

同樣的，女性文學也需要更深刻的脈絡式閱讀。長期經過父權文化的控制與壓制，女性作家往往承擔更深層、更嚴肅的使命。她們的文學創作，不可能只是在表達美學的象徵意義而已。作品中即使運用了極其晶瑩的文字，也無可避免挾帶了淚痕與血跡。穿梭在小說情節或詩行象徵之際，讀者仍然無法自持地聯想到歷史的深邃與幽暗。女性的發言權，不能不放進社會與政治脈絡中進行考察，從而可以探測出女性作家與女性文本誕生過程中的折磨與痛苦。

文本閱讀與脈絡閱讀是兩種風景，一種是屬於表面，一種是屬於深層，但兩種旅行其實並行不悖，或甚至是相輔相成。身為普通讀者，大約可以享受走馬看花的樂趣。但是對於盡責的文學批評家，可能在文學之美之外，還需要探索內在深層結構的文化暗示。這些年文化研究風氣高漲之後，過多注意力投注在文本背後的權力支配。這種現象似乎矯枉過正，文學作品只是拿來做為歷史學或政治學的替代品。文學研究者慢慢喪失審美的能力，而過分聚焦於帝國、男性、異性戀的父權批判。

真正的文學批評，應該兼顧政治（politics）與詩學（poetics）。所謂政治，指的是文本內部潛藏的文化意涵與權力支配。所謂詩學，指的是作品本身所散發的藝術精神與審美原則。殖民地文學或女性文學，絕對不止於干涉歷史與政治，其實也表達生命深處所懷抱的夢想與感情。如果閱讀就是旅行，文學作品的表面與內在風景都要同時看見，也同時與讀者的生命產生感應。

第二章

新批評的細讀

既遲到又早熟的現代主義

戰後台灣的文學批評，始於現代主義運動開展之後。在此之前，流行於報刊雜誌的批評，大約都表現在書評或讀後感。當時的書評與讀後感，往往停留於印象式或即興式的讀者反應，疏於對文學本身的挖掘與詮釋。真正把批評視為嚴肅的文學實踐，必須要等到一九五六年夏濟安（1916-1965）創辦的《文學雜誌》時，才看見可觀的規模。夏濟安與他的弟弟夏志清（1921-2013），是開啟台灣文學批評的先驅者。在他們之前，由於文藝政策的主導，文學作品的鑑賞總與家國主題密切聯繫，《文學雜誌》發行之後，夏濟安對彭歌（1926-）小說《落月》[1]的批評，以及夏志清引介張愛玲的作品，無疑是現代文學批評的最早範式。

《文學雜誌》

一九五〇年代中期以後，《自由中國》、《文學雜誌》、《文星》、《筆匯》，直到《現代文學》的出版，同時伴隨著詩刊如《現代詩》、《創世

《現代詩》

《自由中國》

紀》與《藍星》的次第問世，使現代主義精神巍然出現於台灣。這股全新的藝術精神，並非只停留在文學的表現；在其他藝術領域，如現代畫、現代音樂、現代劇場、現代攝影，也形成極其龐大的氣勢。這場運動非常寧靜，卻以千絲萬縷的蔓延方式，交錯出一個前所未有的美學觀念。

現代主義，是一個相當寬鬆而豐富的名詞。它在西方社會是典型的資本主義產物，也是中產階級或市民階級的美學思維。當它移植到台灣社會時，戰後資本主義還正在萌芽，都市生活也還未成熟，遑論中產階級的誕生。在那樣荒蕪的時代，現代文學不免是一株奇異的花朵。至少對台

1　姚朋（彭歌），《落月》（台北：自由中國，一九五六）。

灣文壇而言，現代主義與當時的歷史環境顯然扞格不合。它既是遲到的，也是早熟的。相對於西方的現代主義很早就在一八九〇年代出現雛形，到達一九三〇年代時，各種現代藝術形式已宣告完備。台灣雖在一九三〇年代也有過曇花一現的現代蹤影，但戰爭爆發後，又立即早夭。這種時間的落差，不能不承認是一種遲到現代性的現象。然而一九六〇年代現代主義重新抽芽時，台灣社會既不自由，也不開放，完全沒有具體的物質條件支撐現代主義的美學。因此，說它是早熟的，並不為過。

新的美學一旦落地生根時，自然無可避免會改變既有的文學生態。在形式上，語言表現方式的變革最為顯著。白話文的長期使用，顯然無法趕上現代主義的創作方式。白話文是一種生活語言，必須經過提煉與濃縮，才有可能上升成為藝術語言。自五四以降，它無疑是與感時憂國文學緊密連接在一起。更精確來說，白話文用來作為知識啟蒙或救國運動的工具，一直是中國新文學運動的重要傳統。基本上，這種生活語言早已被轉化成為政治語言。尤其左翼運動崛起後，白話文也常常變成集體動員的工具。一九四二年，毛澤東（1893-1976）的「在延安文藝座談會上的講話」發表之後，文學工作者被賦予領導農民運動的任務，寫出的作品必須讓一般百姓理解。在此形勢下，白話文的使用更加趨於鬆散，透明，易解。只要白話文被當作政治語言來使用的地區，現代主義就不可能獲得接受。

現代主義所釀造出來的文字鍊金術，大約出現在上海、香港、台灣三個孤島。具體而言，就是在左派政治干涉力量不能到達的地區，現代主義的種籽才有萌芽茁壯的空間。一九五〇年代的台灣，縱然受到威權體制的壟斷，卻因為受到美援文化的影響，現代主義美學才能移植到島上，文學生態因此而產生變化。最為顯著的劇烈變化，莫過於文學語言的改造。創作者為了更幽微而細緻地探索內在情緒，不能不訴諸於語言的鍛鑄。現代主義最根本性的衝擊，在於挖掘創作者的無意識世界。許多被壓抑在內心底層的慾望、想像、記憶、情緒，都在文學生產過程中呈露出來。文字鍊金術最奧妙之處，便是利用漢字一字多音、一字多義的特色，開發出更豐富的意義。在最短的文字裡，可以表現出氣味、聲音、顏色、溫度的意涵。在這方面，藝術成就最好的典範當推張愛玲。她在上海完成的小說與散文，能夠歷久不衰，不斷受到閱讀並模仿，無非是因為其文字釋放出連綿不絕的暗示。

在現代主義運動崛起的作家，如朱西甯（1927-1988）、白先勇、王文興（1939-）、歐陽子（1939-），無不在文字營造上極盡絕活之能事。他們擺脫政治語言的羈絆，剔除白話文的鬆懈與疲態，使文字呈現內在的張力，從而完成可供反覆咀嚼的作品。他們的藝術成就，從不為政治服務，而是服膺最佳的美學精神。他們精心鍛鍊出來的文字，既可描摹情緒的抑揚頓挫，也可企及高不可攀的想像。面對這樣的文學作品時，並不可能只是依賴瀏覽或翻閱就可理解。現代文學在台灣誕生時，一個新的閱讀時代也跟著到來。所謂細讀，正如第三章〈一切從閱讀出發〉所說，文學作品需要以緩慢而仔細的速度貼近作者心靈。閱讀的方式發生變化時，其實也強烈暗示一個全新美學已然降臨。

沒有現代主義，就沒有新批評

細讀的引介，始於新批評之到達台灣。從夏志清《中國現代小說史》[2]的中譯稿出現以來，就已經開啟一個新批評的時代。它不同於過去的歷史批評或傳記批評，而是直接切入作品的核心，探討其中所蘊藏的美學意義。新批評不僅要求一個全然不同的閱讀方式，它的效應還進一步影響作者。這是台灣文學生態的又一次寧靜革命，在此風氣下，許多作者相當自覺地注意到文字的運用。

新批評的實踐，在於檢驗文學作品中的字質，肌理，隱喻，轉喻，張力，歧義。在考察過程中，會密集注意文字的技巧，速度，音色。如此嚴格的注視，是過去印象式批評所未能做到。具體而言，文學創作不能永遠停留在「辭達而已矣」的境界。在措辭用字之際，必須同時開發文字本身所具備的彈性與密度。受到新批評的衝擊，創作者的自我要求也隨之更加嚴格。讀者不僅在從事批評時緊盯著作品，作者在書寫時也相對地在技巧上不斷自我提升。一九六〇年代的台灣文壇能夠出現盛唐氣象，關鍵就在於此。

現代主義精神的表現，在於逃避個人的情緒。這是為了擺脫浪漫主義的過分主觀，也在於過濾浪漫詩學的情緒泛濫。新批評秉持理性客觀的態度，把作品從作者的陰影下拯救出來。而這樣的精神，也使作者對自己所選取的文字更加謹慎。正如王文興所說，他對文字的要求是「橫征暴斂」。斤斤計較於文字的鍛鍊，幾乎變成現代主義作者的共同願望。余光中（1928-）所說，「我嘗試把中國的文字壓縮，搥扁，拉長，磨利，把它拆

[2] 夏志清，《中國現代小說史》（香港：香港中文大學，二〇〇一）。

開又拼攏，折來且疊去，為了試驗它的速度、密度和彈性」（《逍遙遊》[3]後記），正好可以代表那個時代作家的創作心靈，他們的精神結構相當符合新批評的紀律。

這種美學紀律，開啟台灣文學史極為精采的一頁。在現代小說方面，創作者不再遵循「頭，腰，尾」的順時敘事技巧。由於無意識世界的挖掘，許多被壓抑的夢、記憶，都不斷浮出地表。凡是觸及夢與記憶的議題，顯然都不能使用邏輯分明的敘事手法，它往往是以跳躍或斷裂的形式出現。「頭腰尾」的邏輯思考，已經不足以勝任描繪作品中人物的心理狀態。在文字最細膩的地方，作者可以把各種情緒的強弱高低刻畫得唯妙唯肖。這方面的高手，莫過於張愛玲與白先勇。批評家細讀他們的作品時，往往把注意力聚焦於顏色的濃烈、溫度的冷熱，藉以考察小說裡的情緒流動。

至於在現代詩方面，藝術成就更高。洛夫（1928-）對於詩語言的營造非常講究，他說：「詩的形式（語言層次）與其內涵是一不可分割的整體，換言之，詩的語言也就是詩的全部內容」（《詩的邊緣》[4]）。如果語言失諸鬆散，則詩的內在張力必然歸於匱乏。所謂張力，指的是矛盾語法或是反襯句型，常常在最短詩句產生兩極的感覺。在矛盾中取得統一，是台灣現代詩人擅長的技藝。知性與感性的並置，傳統與現代的兼容，抽象與具象的辯證，圓滿與殘缺的對照，都成為台灣現代詩學的特徵。那種想像力的放縱與耽溺，如今都成為詩學傳統的重要資產。面對這些「奇技淫巧」的藝術手段，已經不可能使用過去那種印象派的閱讀就可企及。詩的語言變得如此濃縮，完全改造了五四以降張口見喉的白話文習性。

然而，現代小說、現代散文、現代詩的藝術，並非只表現在語言層面而已。在議題方面，其實也開發了更深層的內心世界。尤其是有關情慾與情緒的描繪，在一定的程度上，簡直是在挑戰既有的政治秩序。過去的文學，在於提倡善的價值，並且與家國想像密切連接起來。健康而光明的寫實手法，慢慢受到現代主義者的揚棄，代之而起的是負面書寫（writing of the negative）。相對於道德的、昇華的、陽剛的傳統書寫，現代作家開始勇敢注視人性中沉淪、墮落、污穢、黑暗的層面。瘂弦（1932-）詩集〈深淵〉[5]或歐陽子《秋葉》，正是負面書寫的最佳範式。

---

3 余光中，《逍遙遊》（台北：九歌，二〇〇〇）。

4 洛夫，《詩的邊緣》（台北：漢光文化，一九九一）。

5 瘂弦，〈深淵〉，《瘂弦詩集》（台北：洪範，二〇一〇）。

逼迫靈魂去試探人性的極端邊緣，同時也帶領讀者漫遊人性的幽暗深淵，毋寧是現代主義作品所開闢出來的境界。新批評正好形成讀者與作者之間恰當的對話橋樑，讀者通過貼近閱讀的手段，嘗試理解作者釋放出來的想像與意義，在作品中，仔細觸摸每個文字所承載的溫度與速度。由於每位讀者接近（approach）作品的途徑各有不同，在解讀時自然也獲得歧異的答案。追求文學作品的歧義性（ambiguity），正是新批評的想像目標。容許多重多層的解讀，從而達到多元多義的詮釋，是新批評的寬容精神。

新批評曾經遭到左翼陣營的詬病，認為這是資本主義社會刻意讓文學脫離現實。或者說，讓文學批評停留在乾乾淨淨的校園學院，而未嘗及於社會的公平正義，甚至使作家耽溺在文字藝術釀造之際，完全無視於客觀世界的不公不平。這種指控，顯然無法成立。左派的文學實用論，如今已證明是徒勞無功，反而對藝術精神帶來巨大的戕害。為人民服務或者為國家效勞的文學作品，在社會主義國家可謂汗牛充棟，如今已都歸入歷史檔案，再也不具任何藝術價值。

現代主義作家對於人性的挖掘，其實就是對現存體制的最大反抗與批判。權力在握者酷嗜宣揚道德美學、國家正義、民族正氣，往往把創作者當作驅使的工具。現代文學所呈現出人性的不堪與卑微，正好提醒社會真正的黑暗不只存在於政治制度，也存在於身體感官與內在靈魂的深處。新批評貼近作品之餘，也同時看見人性的迂迴曲折及其深邃跌宕。沒有現代主義，就沒有新批評。不僅如此，閱讀方式的改變，也帶著台灣作者與讀者進入另一歷史階段。白話文的藝術提升，負面書寫的蔚為風氣，都使台灣文學加速脫離寫實主義的庸俗美學。沒有現代主義，就沒有後現代主義與後殖民精神的降臨。沒有新批評，也就沒有女性主義與後結構主義的到來。

第三章

一切從閱讀出發

為什麼文學，為什麼批評

「給我閱讀，其餘免談」。這是從事文學批評的最低要求，沒有閱讀，就沒有批評。閱讀，不是瀏覽，也不是翻閱，更不是速讀。閱讀就是解讀，在文字符號中，尋找美學的意義。閱讀的行為一旦展開，批評也就同時跟著出發。當你在心裏抱怨，這本書為什麼如此難看；或者，你在內心不禁讚嘆，這本書竟然這樣引人入勝，無論是褒是貶，批評就在其中。如果加以申論，好看在什麼地方，難讀又在哪裏，批評的實踐於焉展開。

文學批評，無疑是人生批評的一環。畢竟所有文學作品的產生，都是來自作者在生命裏的經驗，或是生活裏延伸出來的想像與虛構。對文學進行的任何臧否，絕對不會僅僅止於文字藝術的精煉或粗糙，也不會只是滿足於文學思潮在作品中的流動。在批評之餘，對於作者的生命哲理，生活態度，家國情感，或社會感受，也抱持極大的好奇。文學之所以成為文學，在於它濃縮了複雜人生的多重面貌。它不只是一種靜態的反映論，其中還會添加作者的理想與批判。凡是經過想像，就會造成現實事物的變形。所謂文學的藝術，其實也等於在探測作者生命格局的寬窄高低。

如果文學是濃縮人生的一種藝術技巧，在一定程度上，也必然是社會「心靈框架」（frame of mind）的表徵。一個社會或時代的價值觀念，往往貫穿在小說故事的結構，或是詩行裡的美學象徵。但是，文學絕對不是社會或時代的全部，當它以文字呈現出來時，不免是局部的、切割的、斷裂的、選擇的再呈現。所有的文學作品，即使篇幅再長，字數再多，都永遠是不完整的表現方式。恰恰就是文學表現的不完整，才需要在閱讀中受到批評。

在閱讀過程中所進行的批評行為，其實是讀者感受到某種殘缺與偏頗，企圖補足作者未能達成的藝術效果。讀者在空白處填補自己的想像，在偏頗處刻意加入自己的矯正，使閱讀不再是靜態的、被動的反應，而是主動向作者發出對話的訊息。這樣無聲無息的對話，使閱讀成為最好的批評手段。作者所展現出來的生命態度，是他閱讀社會、閱讀時代的具體產物。當他的作品落在讀者手上時，便立即引發另一次的再閱讀與再批評。文學的樂趣就在於此。作者濃縮了人生，讀者又把文學中的人生重新打開。不同讀者面對同樣的作品，總是會讀出其中不同的意義。在不同的年齡閱讀同樣的作品，更會延伸出歧異的藝術效果。這就是文學的魅力，如此迷人，如此惱人。

透過文學閱讀，也可以判別讀者本身的好惡。尤其經過現代主義運動的洗禮之後，台灣的閱讀開始進入一個更高的境界。至少在一九六〇年代中葉以後，新批評的實踐蔚為風氣。在此之前，台灣可能只存在著書評或讀後感，未嘗有較為嚴肅的批評要求。這是因為現代主義作家帶來繁複的文字藝術，刷新過去文學的表現方式。在寫實主義時期，作家習慣於觀看外面的世界，他們的作品勇於暴露社會黑暗面，揭發各種人欺負人的真相。他們所看到的世界，無疑是一種現象的層面。現代主義到來之後，台灣作家開始嘗試挖掘自己的無意識世界，探索內心底層的情緒變化。作家訴諸於意識流書寫，把被壓抑的欲望、記憶、情緒、想像彰顯出來。

細讀，再閱讀，以及誤讀

現代主義運動臻於成熟之際，也開始改變讀者的閱讀方式。畢竟內心的喜怒哀樂，不再等同於寫實主義的公平正義。如果寫實主義強調的是被壓迫，現代主義則是強調被壓抑。被壓抑的感覺一旦變成文字表現出來時，往往會訴諸於幽微的情緒，奧妙的情慾，變形的夢魘，扭曲的形象。這是前所未有的藝術手法，可以觸及未曾到達的靈魂深淵。這種近乎抽象，卻又極為具體的意識流，就被日本文壇形容為新感覺。為了描摹極為細膩的新感覺，作家不能不動用新語言與新技巧，以便更精確掌握真實的情緒。新語言伴隨著現代文學作品誕生時，也開始要求讀者必須仔細解讀其中的關鍵訊息。這種全新的解讀方式，就稱為細讀或精讀（close reading）。

一九六〇年代以後，各種閱讀方式不斷被開發出來，主要原因是為了更貼近更準確把握作者的語言技巧。幾乎可以說，每位作家都會要求自己在文字的經營上推陳出新。由於作者的想像各有巧妙不同，在驅使文字時，也都擁有各自的語言表達方式。以小說家為例，白先勇、王文興、七等生（1939-）、王禎和（1940-1990）、黃春明（1935-）、陳映真（1937-），都具備了特殊的語言範式。白先勇擅長以各種顏色來鏤刻他內心的感覺，偏愛喜用華麗的字眼。王文興則喜愛拆解或鑄造新的語言，用以表達內心情緒的抑揚頓挫。七等生則擅於使用繁瑣綿長的句法，來呈現他情感的內在衝突矛盾。黃春明樂於使用開朗的語言，使故事的節奏更為緊湊。陳映真選擇壓抑內斂的語言，使憂鬱而悲觀的人生態度充分呈現。他們開發出來的語言技巧，等於是劃分清楚自己的藝術世界。文字本身釋放出來的速度、溫度、亮度，不能不逼迫讀者必須以細讀的方式，去接觸作者的心靈。

唯有經過細讀，才能發現作者未曾發現的文字意義，也因此能夠開發更豐富的信息。閱讀往往就像戀愛，從來都不是一見鍾情，而是多看了一眼。這也是為什麼細讀帶來了更多的再閱讀（re-reading）。作者的想像，確實是他曾經到達一個最遙遠的邊境，在那裡，他看見，也體會，然後帶回來給讀者。在文字深處，蘊藏繁複的意義，可能不是經過一次閱讀就可理解。再閱讀，正是要求讀者不能錯過的關鍵詞。尤其在捧讀現代詩時，作者在詩行之間留下許多意猶未盡的字句，卻又很容易在讀者眼前閃失。瘂弦、洛夫、余光中、楊牧（1940-）、商禽（1930-2010）、周夢蝶（1920-2014），在鍛鑄詩行時，動用過多龐雜而豐富意義的文字，不容許讀者一眼就可辨識。瘂弦喜歡使用複合句法，洛夫耽溺於矛盾語法，余光中依賴對仗駢體來製造聯想，楊牧創造漫不經心的抒情語言，商禽開闢出環環相扣的連鎖句式，周夢蝶則釀造近乎禪意的語法。面對他們的作品時，絕對不可等閒視之。走完全部詩行之後，又必須再重走一次。現代詩藝術暗藏過多的暗示與象徵，通常不可能在最短時間裏就能抓到其中隱晦的線索。每次回頭重讀，總會觸發新鮮的意義。

富於高度象徵的詩作，有很多時候會造成誤讀（misreading）。誤讀，是指文學沒有所謂的標準閱讀。種種逼近作品的方式或手段，都可以獲得容許，稱之為偏讀，歪讀，倒讀，亦無不可。詩行往往潛藏著歧異性的文字，挾帶著龐大而富饒的信息，允許讀者在放射性的符碼裏尋找恰當詮釋。這足以說明詩的想像充滿張力，能夠容納讀者在其中優游迴旋。

文學禁得起時間的考驗，以及空間的檢驗。原因無他，文字本身並非由創作者所發明，它是經過時間的累積。文字落到作者的手上之前，已歷經太多前人的實驗與挖掘。幾乎每個文字，都曾經被賦予不同的解釋。尤其是漢字本身，先天就具備轉注、假借的變異功能。再加上同音或同義的模稜兩可，文字的容量自然更形龐大。文字一旦安放在不同的語意脈絡，就可釋出歧異的意涵。當它由不同時空的作者操作時，可能再次產生全新的暗示或隱喻。作者運用前人所使用過的文字，不知不覺也把附加或過剩的意義滲入自己創作裏。在稍後的討論中，將借用索緒爾（Ferdinand de Saussure, 1857-1913）的

索緒爾

語言學來解釋，當可清楚理解文字符號的神祕與奧妙。

大量的閱讀，饕餮式的閱讀，雜食性的閱讀，密集閱讀，延伸閱讀，都是為了使文學批評成為可能。台灣文學發展到今天，已經形成華文文學的重鎮，這是因為我們擁有龐大的作者群，而且也擁有毫無限制、毫無疆界的發言權，從而想像力也源源不絕釋放出來。對於這樣的文學盛況，我們更需要培養更厚實的閱讀能力。當閱讀慾望不斷升高，文學批評的高度也不斷厚植。文學作品不能有所作為，但是經過閱讀之後，就有可能使思想改變，也有可能使價值轉移，並且使權力收斂。文學並不偉大，受到閱讀之後才形成氣象。沒有閱讀，就沒有批評。批評誕生之後，文學力量更加得到釋放。

第四章

夏志清與新批評在台灣

文學史工程的擘造

夏志清如果留在中國，或是來到台灣，他不可能成就一生的批評志業。他的美學信仰，在於強調藝術有其自主的世界，能夠容納作者最深層的欲望與情感。在共產中國或戒嚴台灣，這種美學價值可能得不到寬容的空間。他從那個時代環境與政治條件抽離出來，寄寓在美國，反而可以清楚看到五四以來新文學運動的精神真貌。抽離（detachment），並非等同於疏離（alienation），而是保持一個可以觀察的距離，對特定時空的文化性質與內容做整體的檢視。過於附著（attachment）或投入（engagement），反而受到種種權力的干涉與糾纏，而無法脫出僵化的價值觀念。夏志清的文學史工程，以及他畢生的批評計畫，不僅為他自己找到安身立命的寄託，而且也開啟了台灣現代主義運動的詮釋視野。

他的英文版《中國現代小說史》[1]出版於一九六一年，正好是台灣現代主義運動發軔的初期。遠在他的哥哥夏濟安主編《文學雜誌》時，夏志清已經提前把有關張愛玲的篇章譯成中文，發表在這份刊物上。他的文學史受到最多討論的，便是關於張愛玲的文學地位。在當時風氣未開的台灣，現代主義猶在萌芽之際，他評價張愛玲的論文，確實對同時期的作家與入門者產生衝擊。他展現出來的解讀範式，正是美國新批評精神的延伸。他的文本分析，集中於張愛玲的文字運用與藝術表現。從人物對話中，他嘗試窺探內心世界的情緒變化與情感衝突。對照於當時台灣所流行的書評或讀後感，夏志清的批評手法無疑是展現了閱讀深度與廣度。他甚至在批評中斷定，張愛玲的〈金鎖記〉是五四文學以來最偉大的作品。這種膽識，完全逸出了台灣文壇的格局，但正是如此，他所帶來的衝擊也特別強烈。

文學史書寫的關鍵，無非是誰進來或誰不進來的問題，或是誰較高或誰較低的評價。所謂史學（historiography），史識（historical insight），史德（historical virtue），如果是寫史的準則，夏志清確實是到達了。史學側重於撰述的技巧，以及涉獵的史料。但是，文學史還更進一步牽涉到美醜優劣的判斷，而這完全必須以史家的審美態度為基礎。品味不佳或審美庸俗，絕對無法企及作品的內在世界。文學批評若能到達美學的極致邊境，才有可能成為史家的美德。秉持道德勇氣，敢於把特定作家納入歷史，或置放

[1] C. T. Hsia. *A History of Modern Chinese Fiction, 1917-1957* (New Haven: Yale Universty Press, 1961).

魯迅

在歷史之外，才有可能使他的書寫特別動人。史識可以等同史家的洞見，不僅看到同時代，也可以看見前後世代的作者。當他說「最偉大」時，無疑顯示了五四以降的小說都已經有過閱讀，而且也透露了對西方現代文學的熟悉。

《中國現代小說史》受到議論最久的一個評價，便是他把張愛玲的文學地位置於魯迅（1881-1936）之上。到今天，這個評價仍然餘波盪漾，甚至使許多中國小說的研究者還是憤恨不平。對夏志清文學史最普遍的一種議論，便是指控他是為冷戰時期的反共立場服務；因為，他認為魯迅文學地位之所以那樣崇高，完全是被毛澤東所膨脹起來。毛澤東從提出「新民主主義論」到建國成功時，為了政治目的，刻意把魯迅定位為「最偉大的革命家，最偉大的思想家，最偉大的文學家」。這種說法，確實是把作家視為政治工具，使死後的魯迅淪為傀儡。毛澤東所說的「最偉大」，除了展現他的霸氣與傲慢，完全與文學藝術毫不相涉。夏志清說張愛玲是最偉大的時候，確實是進入文學作品的靈魂，而且寓有對抗毛澤東政治干涉的意味。

新批評的實踐

尤其在分析張愛玲的〈金鎖記〉時，他在《中國現代小說史》提出的解釋如下：「張愛玲正視心理的事實，而且她在情感上把握住了中國歷史上那一個時代。她對於那時代的人情風俗的正確的了解，不單是自然主義客觀描寫的成功：她於認識之外，更有強烈的情感——她感到那時代的可愛與可怕。」整個解讀的過程，集中於人性之間的衝突。藝術的重量在於呈現世俗各種感情的張力，畢竟所有文學都是人生起伏的摹仿。成功的作品，就在使讀者看見暗潮洶湧的尋常故事。夏志清已經注意到張愛玲在真實生活中遭到的磨難，卻又能夠藉由故事的書寫獲得救贖。沉溺其中，超乎其外，終究是文學的昇華力量。

在政治氛圍特別濃烈的時代，無論是中國或台灣的文學批評，幾乎是遵從黨的文藝政策。他的詮釋策略，完全是從文學論文學的基礎上出發，絕對沒有受到外在環境的影

《夏志清文學評論經典：愛情·社會·小說》

響或支配。在那段時期，張愛玲的作品能夠受到如此深入的分析，不僅需要勇氣，甚至超脫了當時的社會格局。他最初引介張愛玲與《文學雜誌》時，就已經展現新批評的全新氣象。他指出張愛玲藝術的重要意涵是，如果把男性的身分、地位、榮譽、名聲拿走的話，究竟還剩下什麼？具體而言，他樂於肯定張愛玲的文學高度，全然都是站在人性觀察的基礎上。僅就這點而言，他比同時期的任何文學家都走得還遠。身為文學史家或文學批評家，在真與假之間，在美與醜之間，應該有道德勇氣說出真實的話，而不是跟隨政治氣候與流行風氣浮沉。

他提出「感時憂國」（obsession with China）的意識，來概括五四以降新文學作家的文學心靈。受到現實政治環境的苦惱、糾纏、困惑，而產生了現代文學中的共同焦慮。他們關注現實，揭露社會的真相，彷彿有一種使命鞭策自己必須從事文學創作。三〇年代的作家如此，即使是六〇年代的台灣作家，亦復如此。他的整本史著都以這樣的概念來解釋新文學作家，也進一步詮釋台灣作家。他特別寫出另外一篇論文〈現代中國文學感時憂國的精神〉（收入《夏志清文學評論經典：愛情．社會．小說》），再三申論自己的創見。在上個世紀六〇年代初期，他已經鐵口獨斷新文學運動的幾個重要作家，除了張愛玲之外，還包括姜貴（1908-1980）、錢鍾書（1910-1998）、沈從文（1881-1936）。從那時候開始，國際的漢學界，包括美國與日本，才開啟對這幾位作家的研究。即使他被指控是站在冷戰時期的反共立場，到今天也還是無法動搖他的解釋。而他的影響力，已經不限於美國學界，在台灣、香港以及今天的中國，無不受到他的感召。就影響論而言，頗有一些中國學者對他進行抗拒，而這樣的抗拒，在文學上也是一種變相的影響。

夏志清的新批評工程，並沒有因為文學史的完成就停頓下來。他與台灣文壇的關係極為密切，前後出版了批評文集如下：《夏志清文學評論經典：愛情．社會．小說》[2]、《文學的前途》[3]、《人的文學》[4]、《新文學的傳統》[5]、《雞窗集》[6]、《談文

2　夏志清，《夏志清文學評論經典：愛情．社會．小說》（台北：麥田，二〇〇七）。
3　夏志清，《文學的前途》（台北：純文學，一九七四）。
4　夏志清，《人的文學》（台北：純文學，一九七七）。
5　夏志清，《新文學的傳統》（台北：時報，一九七九）。
6　夏志清，《雞窗集》（台北：九歌，一九八四）。

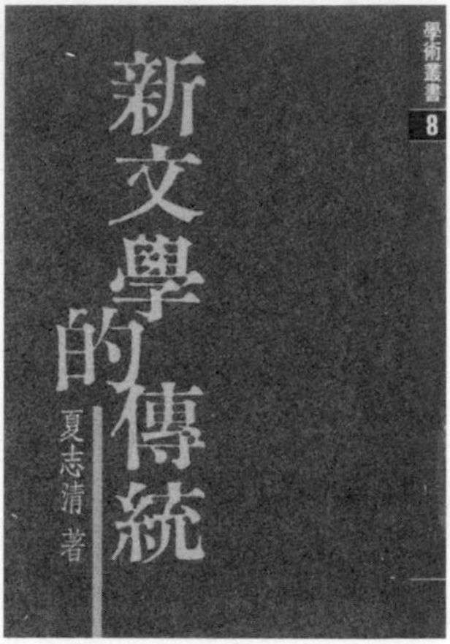

《新文學的傳統》（時報出版提供）

藝．憶師友》[7]。這些作品無疑為台灣文學研究者提供了範式，告訴後來的世代什麼叫做新批評。早在一九六九年他所寫的〈白先勇早期的短篇小說〉，分析白先勇的兩篇作品〈青春〉和〈月夢〉，便大膽揭露小說中男主角不僅有同性戀傾向，而且對女人的身體表示憎惡。尤其他集中解析老醫生低呼兩聲「赤裸的Adonis」，正是展現他的批評功力，「阿宕尼斯這位希臘神話中具女性氣質的美少年，讀英國文學的人沒有不知道的」。夏志清引述雪萊（Percy Bysshe Shelley, 1792-1822）悼亡濟慈的詩，也引述莎士比亞的詩，從而做了這樣的論斷：「但無疑的，阿宕尼斯是他早期小說中一個最重要的『原型』（archetype）。這個原型有同性戀的傾向，所以不解風情也不耐煩女性的糾纏」。

這種細讀，往往可以在其他讀者忽略之際，找到相當關鍵的隱喻與暗示。所謂細讀，是新批評實踐中最根本的要求。作者往往不經意於遣詞用字之間，滲入內心的某種意圖或傾向。對一般讀者而言，可能只是翻閱或瀏覽，很容易錯過文字內裡暗藏的情感波動。有意識的批評家，總是在閱讀時強烈要求自己去撫摸每個文字的溫度、色澤、氣味。當他面臨作品時，絕對是全神貫注在文本的藝術營造。當他展開分析，完全把作品從作者的生命脈絡抽離出來。甚至，也完全不受意識形態與政治立場的干擾。具體而言，一個作品就是獨立自主的生命，具有內在的有機生命，而且有它一定的特殊性格。

傳統與人的文學

夏志清在台灣出版的《人的文學》與《新文學的傳統》，便已足夠彰顯他的批評準則。確切而言，批評的實踐從來離不開人性與傳統，而這正是夏志清念茲在茲的批評精神。當他提到人的文學，無疑是繼承五四時期周作人（1885-1967）的文藝觀。為什麼他要如此強調「人」的位置？卑之無甚高論，其實就是主張人道主義的精神。在政治迫害與群眾鬥爭的中國文學世界裡，強悍的權力早已掌控作家心靈。當作家被驅使去做

7 夏志清，《談文藝．憶師友──夏志清自選集》（台北：印刻，二〇〇七）。

政治宣傳，為一個獨裁者搖旗吶喊，甚至使用文學來欺負手無寸鐵的百姓，「人」的地位早就蕩然無存。他願意回歸到周作人的文學思想，顯然是有其微言大義的寄託。周氏兄弟的命運，正好可以說明中國新文學道路的分歧。見證了魯迅像傀儡一樣被神格化時，周作人反而受到極度貶抑，甚至還遭到妖魔化。所有的文學，其實是人性的表演與表現。一旦離開人性的基本要求，文學什麼都不是。

夏志清回歸到周作人的文學信念，在於強調文學是屬於活水，也是屬於平民。他說周作人是非常厭惡宋明理學，那種為了談性靈而陷入玄學的情境，便已經偏離了人的價值。更重要的是，當他回歸人的文學時，同時也帶出了傳統的重要。所謂傳統，不是僵化的、沒有生命的古文，而是充滿生動的藝術力量。在文學史上，並不是現代比古典還進步。許多無法企及的美學技巧，已有太多傳統文人到達峰頂。新文學縱然是以白話文作為表達工具，但在藝術精神上，應該與古典文學有相通之處。把新文學視為反傳統的武器，絕對是錯誤的觀念。

夏志清揭櫫傳統的意義，相當符合新批評的精神。就像英國詩人艾略特（Thomas Stearns Eliot, 1888-1965）在〈傳統與個人才具〉（“Tradition and the Individual Talent”）

所說，一個傑出作品的誕生，背後往往有龐大的傳統在支撐。這句話的真正精神是，每個作家完成上乘的藝術作品時，其實已經看見過去作家的成功與失敗。從事創作時，他們已經知道最佳與最劣作品之間的分野。也許不是透過模仿，但至少可以避開前人的失敗經驗，而終於能夠選取最好的創作方式。傳統的用處，於此得到充分發揮。在《新文學的傳統》那本書，他不僅討論同時代的四種中國現代文學史作品，同時也討論五四文學的遺產。對於胡適（1891-1962）的歷史地位，他基本上是非常肯定，也因此而與唐德剛發生論戰。他認為胡適的地位，不是因為在五四時期反傳統，而是他完成了白話文學的推動。

胡適

他尊重傳統的實踐，見證於對晚清小說的重新評價。他最肯定的是《老殘遊記》，認為是「既抒情又具政治意味的小說」。在八國聯軍與義和團事變之後，這部小說寫出了當時文人的沮喪與挫折，但是也透過小說的創作而表達對文化復興的熱望。他的觀點常常能夠穿透歷史的迷霧，窺見作者劉鶚（1857-1909）的心路歷程。從文學史的觀點，他評價劉鶚與唐代詩人杜甫（712-770）的地位是等高同寬。他指出，劉鶚「能摹擅寫，在傳統中國小說家中無人能出其右，猶如杜甫之於眾詩人，二者同樣憂時感世，雖然極其悲戚沮喪，但對中國的傳統，信念堅貞不渝」。他敢這樣斷定，正是因為他已經涉獵許多晚清的小說，同樣的他對李汝珍（1769-1830）的《鏡花緣》也評價非常高，「五四時期的現代學者盛稱《鏡花緣》是部關於傳統中國社會中婦女地位的諷刺作品；假若真的如此，更不含糊的是，《鏡花緣》乃站在嚴格的傳統道德立場褒揚女性的德行和才華。」

作為新批評的實踐者，他並不迷信現代文學的成就高過晚清，如果沒有通過深度與廣度涉獵，他不可能把劉鶚與杜甫相提並論。同樣的，他肯定李汝珍為女性辯護的立場，簡直是劃時代的行動。他所寫的英文書《中國古典小說論》（*The Classic Chinese Novel: A Critical Introduction*）[8]，使傳統小說提升到受國際文壇矚目的位置，但他最重要的貢獻還是對晚清文學的評估。這方面的影響力，可謂無遠弗屆。有關晚清歷史，在此之前，一直被認為是帝國王朝的末端，即使在歷史研究的專業裡，也對這個時期總是一筆帶過。但是，經過他在文學作品上的探究與翻案，反而發現了一個廣闊而縱深的領域。他的歷史觀，建立在時間的連續與延續，並不是採取斷裂的觀點。尤其是美學的傳承，一定是沿著時間軸線在旅行。這種史觀，也代表了他對傳統的信念及尊重。

夏志清的遺產

文學領域的建構，不可能只是停留在平面文字的解析。也需要具備面對殘酷的現實，見證政治勢力對文學藝術的侵襲後，立即訴諸批判的勇氣。但是，對黨機器的抗拒，如果再開闢另一種政治解釋，反而無法掙脫權力的幽靈。夏志清顯然已經意識到這種困境，遂訴諸文學的批評與解釋。現代主義文學，一言以蔽之，無非就是在挖掘深藏的人性。那是生命的根本據點，只有透過幽微的觸探，才能判別人的高貴與污穢。現代文學作家所高舉的「人性」，正是針對氾濫於中國與台灣的「黨性」。夏志清畢生所追求的文學志業，不僅在於維護文學不要淪為政治附庸，還進一步彰顯現代主義精神的人

---

8 Chi-tsing Hsia, *The Classic Chinese Novel: A Critical Introduction* (New York: Columbia University Press, 1968).

《被壓抑的現代性》

文價值。從冷戰時期到今天全球化浪潮的席捲，他所遺留下來的遺產仍然還是熠熠發光。

他在一九七〇年代中期，曾經與顏元叔發生論戰。兩人都是屬於新批評的實踐者，但學術態度則南轅北轍。夏志清從事批評工作時，台灣的現代主義運動還在荒蕪的萌芽階段。能夠拿出的現成範例，幾乎是鳳毛麟角。顏元叔返台時，現代文學已經是開枝散葉。可以引述的成熟作品，簡直可以信手拈來。兩人的論戰，到今天還是被視為學界的一樁公案。顏元叔後來退出文學批評的場域，不免使人感到唏噓。夏志清則一直堅持到生命的最後階段，帶給台灣學界的影響，無疑是跨越不同世代，而且也在共產中國慢慢發酵。凡是華文學界，都不能不尊他為經典。他的重要性，沒有人敢於輕易忽視。

當今台灣的文學批評版圖，或許不能完全歸功於夏志清的開創，但是他的推波助瀾，以及他的劍及履及，則無可懷疑。如果要選出一位典型的繼承者，一定非王德威

《如何現代，怎樣文學？》

（1954-）莫屬。那種血緣系譜，歷歷可見。最初崛起時，他的路數都是沿著夏志清的思維而逐漸漫開。王德威的《被壓抑的現代性》[9]最具代表性。他所寫的導論〈沒有晚清，何來五四〉，很明顯是受到夏志清的提點。掌握整個五四新文學的源頭之後，他對二、三○年代作家的研究，兼顧了歷史縱深與藝術高度。晚清研究能夠變成今日的顯學，王德威功不可沒，而最早的根源，無疑都要追溯到夏志清。王德威最經典的批評工程，莫過於「張腔作家」一詞的創建。借用張愛玲的美學原則，他一一檢驗台港與上海的女性作家。這個洞見，容或受到某些抗拒，但是不能不承認他通盤透視的解讀能力。這種高超的技藝，無可否認，也是來自夏志清的點撥與啟發。

---

9 王德威，《被壓抑的現代性》（台北：麥田，二○○三）。

新批評的效用可能已漸漸式微，它所提倡的精讀與細讀，卻還是當代文學批評者所不能捨去。回望上個世紀的台灣，從來沒有人能夠預見這個海島，會升格成為華文文學重鎮。在孤島上的作家，從未奢望能夠被後世看見。那樣寂寞的時光裡，夏志清就已經注意到台灣文學的意義，也孜孜不倦閱讀從五〇到八〇年代的文學生產。批評家能夠在別人還未首肯之前，就率先提出正面價值的評斷，絕對是難能可貴的美德。夏志清對台灣文學的意義，正是如此。即使相當時髦的後現代浪潮，曾經強勢襲擊台灣，終究也逐漸出現疲態。夏志清的文學實踐，仍然值得謙卑學習。任何挖掘文學作品內在世界的方式，只要還能發生效用，就絕對不可能消失。僅此一點，夏志清精神一定還是徘徊不去。

第五章

奇異之花：現代主義的美學

冷戰與內戰體制的產物

現代主義一詞在戰後台灣最初出現時，就有頗多爭議。畢竟這是一個相當寬鬆的概念，橫跨文學、建築、舞蹈、音樂、劇場、繪畫。如果視之為一場龐大的文化運動，並不為過。如果沒有經過這場鋪天蓋地的美學洗禮，就不可能釀造我們現在所接受的文學藝術形態。到今天為止，西方學界對現代主義的討論仍然方興未艾。究其原因，在於後現代的到來太過迅速，以致對於後現代的定義或概念仍然捉摸不定。為了釐清後現代的具體內容，遂不得不重新檢視現代主義到底帶來了什麼。只有使現代主義獲得具體界定之後，才有可能進一步掌握後現代的精神。

撰寫《台灣新文學史》的過程中，涉獵的史料與文學作品極為廣泛，可能是年少以來從未有過的龐大閱讀。建構一本文學史，牽涉到文學訓練與歷史訓練。歷史是一種時間閱讀，文學則屬於空間閱讀，這兩種面向鎔鑄在一起，才有可能產生立體的感覺。具體而言，歷史是縱向座標，文學是橫向座標，兩條主軸交會之處，便是作家的定位。既然是文學和歷史的綜合體，便牽涉到兩種不同的思維。面對作家與作品，必須揭示創作時所牽動的文學思想、美學標準、文字運用、技巧手法；面對歷史背景時，就不能不考慮到政經背景、時代潮流、社會變遷、文化生態。

這項書寫工程，自始就決定以紀事編年體的範式來實踐。一方面必須依照時代先後做為敘述的秩序，一方面在特定時空裡放進作家與作品。其中遇到的最大考驗，無疑是歷史分期（periodization）的問題。這部文學史的分期，受到某些女性主義者的批評，認為過於偏重線性發展（linear process）。每十年（decade）做為一個歷史段落，似乎太過牽強武斷，因為文學生產不可能發展得如此整齊。但是在建構一個歷史書寫時，分期只是一種便宜行事的策略。至少先劃出時代先後，然後再填補具體的作家作品與美學變化。

必須承認，這本文學史在很大程度上是在為台灣的現代主義運動辯護。在日據時代，曾經出現過曇花一現的現代主義美學，但是歷史環境並不容許它有持續發展的空間。一九三七年戰爭爆發時，殖民地的現代主義美學就宣告中斷。這種情況，同樣也見諸中國新文學運動。中國一九三〇年代出現象徵派與現代派的文學創作，也因為中日戰爭的爆發而產生斷層。一九六〇年代在台灣發生的現代主義運動，其實可以視為隔代遺傳。其中有日據時代的淵源，也有中國新文學傳統的延續，兩種不同的美學在這小小海島滙流在一起。無可懷疑，它也是全球冷戰體制的副產品，畢竟有許多相關的理論、思潮、技巧，都是因為受到美國文化的影響，而在台灣產生變化。

如果借用薩依德（Edward Wadie Said, 1935-2003）所說的「旅行中的理論」（traveling theory）來解釋，每一種美學都有其源起（origin）。這種美學傳播到另一陌生土地時，總是會遭到相當程度的抵抗（resistance）。但是經過一段時間的消化之後，就會被當地社會所包容或收編（accommodation）。再經過一段時期的反芻與咀嚼，這種美學還會經歷另外一次的再創造（recreation），而慢慢形成在地化美學。如果這個理論可以成立，那麼對於冷戰時期的現代主義運動，也可以用同樣的態度來觀察。

台灣文學受到影響，無需覺得可恥，畢竟這是一個開放的島嶼，不同歷史階段都會有異質的文化源源而來。但是本地作家如果可以拿來做為觸媒，而開發了旺盛的想像力與創造力，對於格局有限的台灣誠然無可厚非。台灣現代主義在冷戰時期與戒嚴階段能夠盛放，無疑是在鐵蒺藜上開出奇異的花朵。不過，台灣作家豐沛的創造力，使現代主義從外來美學變成在地演出。有些理論可能屬於西方，但台灣作家創造出來的故事則屬於島上格局。漢字的表達方式，有其象形、會意、指事的功能，完全不同於英文拼音的聲音表現。如果現代主義在於呈現被壓抑的無意識世界，則漢字固有的內在意義，比起拼音文字還更能傳神地展現內心情緒。這種文字的再創造，便區隔了台灣現代主義技巧與西方的不同。

西方現代主義的發生，是西方都市文明臻於盛況的產物。英美作家所表達孤獨、憂鬱、荒涼的美感，如果來自資本主義的高度發達，則台灣作家發展出來的孤寂與荒謬感，則是來自戒嚴時期的政治壓制。具體而言，西方現代主義釀造的溫床，是從緊張的都會生活而來。台灣現代主義能夠孕育的原因，則是來自緊繃的政治環境。雙方的歷史社會背景截然不同，但是產生的藝術效果卻有某種程度的相通之處。

現代主義所強調的是流亡精神，在西方是因為人口從農村向都市移動，使田園生活成為永恆的鄉愁。而台灣的流亡精神，則是因為內戰與冷戰體制所規範出來的隔離。外省作家擁有一個回不去的故鄉，本地作家所抱持的文化失落，則源於政權的不斷改變。那種內心世界之複雜，毫不遜色於西方現代文明不斷變化的衝擊。在文學史裡，曾經強調大陸來台作家的創作屬於孤臣文學，本地作家的作品則屬於孤兒文學。前者指的是，大陸來台作家抱持強烈的文化認同，卻失去他們原來的土地；本地作家則是從未離開自己的土地，而失去了文化認同。家國的更迭，時代的流變，在不同族群的心靈上造成巨大傷害。現代主義使精神受創的作家得到療癒空間，他們都透過濃縮的文字表演，把內心深處種種負面的感覺挖掘出來。

現代與傳統

一九六〇年代的文壇，見證外省與本地作家同時湧現，他們都經過戰亂，並且也迎接了一個找不到靈魂出口的威權時代。雙方的苦悶各有不同，卻都可以藉由文學技巧表達出現代式的夢魘。外省作家如余光中、於梨華（1931-）、白先勇、王文興、叢甦（1939-）、瘂弦、洛夫、商禽，本地作家如黃春明、陳映真、七等生、王禎和、白萩（1937-）、歐陽子、陳若曦（1938-），同時匯流在一起。每位作家都創造了屬於自己風格的語言範式，無論技巧策略或美學原則的差異有多大，卻都在為他們那個時代的精神面貌進行拼圖工作。

現代主義運動發展的速度，節奏相當緊湊，因此，他們很快就面對一個共同的問題：現代與傳統，是不是對立的兩極？推陳出新一直是現代主義向前邁進的動力，但何謂陳舊，何謂創新，似乎苦惱著當時的文學運動者。這個問題在現代詩人之間最為顯著，因為牽涉到語言文字變革的問題。余光中當時發表過兩篇文章，一是〈降五四的半旗〉，一是〈剪掉散文的辮子〉，都在於詬病白話文的鬆散與腐敗。他強調，現代散文的誕生，必須拋棄失去生命力的語言，而重新整頓成為具有彈性、張力的濃縮文字。余光中重視文字技巧的更新，對於中國古典文學的傳統價值，則保持高度尊敬。

現代與傳統是一種美學的辯證，如果認為貶抑傳統就可使現代產生創新，那是相當大的誤解。艾略特的重要論文〈傳統與個人才具〉，對六〇年代台灣詩人的影響非常大，至少余光中便受到非常大的啟發。艾略特認為，每一個時代都有重要的作品出現，而傑出的作品背後都有一個龐大的傳統在支撐。這篇經典文字有其重要的意涵：一、越現代的作品，並不必然就比較進步或傑出；二、傳統詩人完成一定的藝術高度，或是寫出失敗的作品，正好可以提供後人做為借鑑。後來的作家面對前人的藝術高度時，總會決心超越；面對失敗的作品時，至少可以避免犯錯。傳統的意義，就在此彰顯出來。台灣現代主義運動曾經出現過「反傳統」的浪潮，但歷史事實證明，所有的現代作家最後都向傳統回歸。

時代過去以後，並不意味著傳統注定會死去。社會風氣可以改變，價值觀念可以更新，心靈啟悟可以重塑，但是人性卻不可能受到轉移。文學如果是在表現每個時代的喜怒哀樂，則《詩經》時代的創作者，或是現代的文學家，無非都是在表達內心真實的感覺。文學的形式會改變，文言文可能被白話文取代，但是對於生命的歌頌或詛咒，卻是古今文學永恆的主題。所有的文學作品，如果能夠流傳下去，最後都要昇華成為經典或古典，並且成為傳統不可分割的一部分。無論作品有多前衛，有多現代，只要它成為傑出作品，最後都要被供奉在傳統的神壇上。從一九五〇到一九八〇，台灣文壇發生過無數的論戰，卻都證明一個事實，具有藝術價值的傳統，到今天仍然屹立不搖。

現代主義作家重新解讀傳統或詮釋傳統，在台灣已經蔚為風氣。余光中與洛夫之間發生過「天狼星論戰」，當時是一場傳統與現代之爭，現在已經成為文學史的一個典範。在論爭中，雙方各自表達美學態度，但是對於傳統價值則未曾輕啟鄙夷之心。洛夫改寫過一系列的古典詩，尤其以〈長恨歌〉最為後人所豔稱。現代詩人從古典詩汲取詩情，往往帶來全新的美學。或者恰如德希達所說的「延異」（differance），亦即在原有的符號裡延伸出另一個符號。它來自古典，但又與古典產生歧異。這種文學的再生產，無疑證明了一個事實：古典並非從此屬於過去，一旦受到再閱讀與再創造，文學生命就重新燃燒。

正如西方詩人，在希臘羅馬神話裡挖掘無數美學的原型，足以證明現代文學與古典作品從來就不是斷裂或切割。當現代作家對過去的文學遺產頻頻回顧，一方面是招魂，使死去的生命再度歸來；一方面是借魂，在舊有軀殼中注入現代生命。文學精神的傳承，因此而獲得確立。無論是隔空抓藥，或者是隔代遺傳，傳統文學終於脫胎換骨。古典是永遠的現代，正是文學的一個重要特質。

第六章

巴塔耶與文學之惡

巴塔耶 © adoc-photosCorbis

巴塔耶（Georges Bataille, 1897-1962）做為一位超現實主義者，以及做為一位左派運動者，遠遠走在他的時代之前。他發展出來的美學思維，不僅使他與超現實主義運動決裂，而且也與早期的左派主張分道揚鑣。他的重要著作包括：《眼睛的故事》（*Story of Eye*）[1]、《中午之藍》（*Blue of Noon*）[2]、《過度的視野》（*Visions of Excess: an Essay on Generd Economy*）[3]、《情色論》（*L'Érotisme*）[4]、《被詛咒的部分》（*The Accursed Share*）[5]、《有罪》（*Guilty*）[6]、《內在經驗》（*Inner Experience*）[7]、《宗教理論》（*Theory of Religion*）[8]、《論尼采》（*On Nietzsche*）[9]、《文學與惡》（*Literature and Evil*）[10]。從書名來看，可以清楚發現巴塔耶的思維方式，大約都是從負面的觀點來觀察世界。所謂負面，指的是迥異於人間理性思考的模式，也截然不同於秩序規範的行為態度。他對於污穢，骯髒，排泄，色慾，交媾的字眼，毫不避諱。當他脫離超現實運動的陣營時，該團體的領導者布列東，公然指控他是「排泄物的

《情色論》（聯經出版提供）

哲學家」（excremental philosopher）。他的驚世駭俗，竟有如此。

文學被用來懲惡勸善，已有相當漫長的歷史。通過浩瀚的文字書寫，善的美學早就牢牢深植在讀者的心靈底層。無論是東方的儒教，或西方的基督，都在於淨化人心的污

1 Georges Bataille, *Story of the Eye* (New York: Urizen Books, 1979).
2 Georges Bataille, *Blue of noon*, translated by Harry Mathews (UK: Penguin Classics, 2015).
3 Georges Bataille, *Visions of Excess:*, edited and with an Introduction by Allan Stoekl (Minneapolis: University of Minnesota Press, 1985).
4 Georges Bataille著。賴守正譯。《情色論》（*L'Érotisme*）（台北：聯經，二〇一二）。
5 Georges Bataille, *The Accursed Share: an Essay on General Economy*, translated by Robert Hurley (New York: Zone Books, 1991).
6 Georges Bataille, *Guilty*, translated by Bruce Boone with introduction by Denis Hollier (The Lapis Press, 1988).
7 Georges Bataille, *Inner Experience*, translated by Leslie Anne Boldt (New York: State University Press, 1988).
8 Georges Bataille, *Theory of Religion*, translated by Robert Hurley (New York: Zone Books, 1992).
9 Georges Bataille, *On Nietzsche*, translated by Bruce Boone (New York: Paragon House, 1994).
10 Georges Bataille, *Literature and Evil*, translated by Alastair Hamilton (London: Marion Boyars, 2001).

濁，在於救贖沉淪的魂魄。藉由文學教育，使人心遠離邪惡，使生命獲得提升，這似乎是普遍的、凝固的美學。進入二十世紀之後，城市生活逐漸宣告成熟，中產階級文化也慢慢取代了菁英式的貴族品味。偽善的、道德的、正經的美學原則，再也無法支配一般民眾的心靈。尤其是現代主義運動的蓬勃發展，使被壓抑許久的無意識世界開始受到大量挖掘，負面書寫從此蔚為風氣。

隱惡揚善的藝術觀點，並非忠實地描寫了真正的人生。受到遮蔽的人性黑暗面，恐怕才是生命能量最為蓬勃之處。文學如果是真實生命的延伸，則釋出各種慾望、幻想、情緒的內心世界，就不應遭到刻意的迴避。然而，為了完整描述人性的全部，人類必須要跋涉千年的歷史。巴塔耶所寫的《文學與惡》、《情色論》，在後結構思考與後現代主義崛起之前，就已經鬆動了穩定而保守的美學觀念。巴塔耶的生命與西方現代主義運動相始終，但是他提出藝術哲學的主張，卻突破了時代的格局，也解構了兩元論的僵化思維模式。他最動人的論點，莫過於對文學中的「惡」之尊崇。惡，究竟是沉淪，還是昇華？當世人莫衷一是之際，巴塔耶堅決站在惡的那一邊，並且認為那是生命能量最強悍的所在。

惡是文學的正面價值

巴塔耶的經典著作《文學與惡》，討論了歐洲的八位重要文學家：愛密麗．勃朗特（Emily Bronte, 1818-1848）、波特萊爾（Charles-Pierre Baudelaire, 1825-1867）、米什萊（Jules Michelet, 1798-1874）、布萊克（William Blake, 1757-1827）、薩德（Marquis de Sade, 1740-1814）、普魯斯特（Marcel Proust, 1871-1922）、卡夫卡（Franz Kafka, 1883-1924）、冉內（Jean Genet, 1910-1986）。這些作家的文學作品，都強烈具備資本主義所挾帶而來的現代性。普魯斯特、卡夫卡、冉內，尤其屬於現代主義者的行列。他們面對工業革命以降的社會巨變，整個心理結構也隨之產生重大轉移。他以波特萊爾的作品為例，指出人的願望有兩種，一是祈求上帝，一是嚮往撒旦。前者是投注於工作，以增強生命力量的厚度；後者是追求享樂，

波特萊爾

普魯斯特

米什萊

必須以消耗生命力量為代價。上升與墮落，是人性的兩個面向。巴塔耶自承，他屬於動亂的一代。這不僅是指他所經歷二十世紀的兩次大戰，也在於暗示人性在資本主義社會的重大變化。

書的前言，開宗明義點出他的思想核心：「文學是本質，否則就不是文學。惡——尖銳形式的惡——是文學的表現；我認為，惡具有最高價值。按照這一概念，嚴格的道德來自對惡的認識，這一認識奠定了密切交流的基礎。」從開頭的第一章討論愛密麗．布朗特，就已經定下文學即邪惡的基調。而這基調也延伸到《情色論》的整個觀點，構成他在美學上對世界最根本、最基礎的挑戰。他再三申論的一段話如下：「我認為，色情就是承認生活，直到死亡。性慾的意思包含死亡，不僅指新來的人代替死亡的人，也牽涉到人的生殖繁衍。生殖就是消逝。最簡單的生物在無性繁殖中自行消失。如果死亡的含義是由生命過渡到腐爛，他們就不會死，而是過去的人在繁殖中不再是原來的人（他已變為雙重的人）。」

沙特

他在討論波特萊爾的《惡之華》（*Les Fleurs du mal*）[11]時，一方面反駁沙特（Jean-Paul Sartre, 1905-1980），把詩與道德混淆起來的觀點；一方面則熱切站在詩人的立場，對資本主義社會進行強烈批判。詩人的作品，接受毀滅性的誘惑，悖離外在的要求，道德的要求。換言之，他忠實於內在的要求，與

---

11 Charles-Pierre Baudelaire著。郭宏安譯，《惡之華》（*Les fleurs du mal*），（台北：新雨，二〇一四）。

布萊克

庸俗的價值背道而馳。他的詩經驗，無疑就是內在的經驗，無需符合善或道德的規範。內在經驗，往往不是世俗的思維方式所能企及。巴塔耶說得很明白，詩人永遠對道德抱持特殊態度，而且與整個社會決裂。詩是神祕的領悟，是超越一般的美學觀念，是凌駕在規律、範式、價值之上。詩人肯定「惡」，背對著資產階級所構築的偽善——他們囊括社會的全部資源，卻又以另一套道德準則來規範被剝削的人。這本詩集，有它潛在的批判精神。

對於英國詩人布萊克的評價，巴塔耶採取迴異於一般文學史的觀點。他認為，詩有其自主權，它本身充滿幻想與激情。詩人有他的神學信仰，卻帶著反叛的傾向。布萊克具備相當勇氣面對各種對立的價值，在教堂裡，他要慶祝的是「天堂與地獄的婚姻」。最值得頌讚的，莫過於詩人能夠在善與惡之間取得平衡。詩人敢於強調性慾與理

薩德

性的對立，敢於正視惡的恐怖，敢於以性慾之名譴責道德法律。他站在世俗道德的背反立場擁護革命，在愛情與仇恨、自由與權利義務之間劃清了界線。法國的性虐作家薩德，受到巴塔耶的很高評價。薩德的小說《索多瑪一二〇天》（*Les cent vingt journées de Sodome*）[12]，描述許多淫邪的人物，充滿「冷酷、蠻橫、粗俗、自私、說謊、貪吃、酗酒、怯懦的雞姦犯，亂倫犯，殺人犯，縱火犯，竊盜犯」，各種惡棍都浮現在故事裡，不一而足。在這篇介紹裡，巴塔耶深入討論性慾與人性的密切關係。他指出：「就整個動物性而言，性的滿足看來是在完全喪失理性的情況下實現」。這樣的論點，將在他後來的《情色論》深入發揮並演繹。薩德的作品之所以富有詩意的光輝，乃在於他敢

12 Marquis de Sade著。王之光譯，《索多瑪一二〇天》（*Les cent vingt journées de Sodome*），（台北：商周，二〇〇四）。

把文學與性慾做了完美的結合。薩德被捕入獄，他仍然把監獄視為寫作的巴士底獄，以持久不息的慾火，慢慢燒毀人所意識到的束縛。以身體對抗政治，以性慾對抗道德，薩德可謂死得其所。

《情色論》的哲學

惡，是對理性的反叛，是對人性的擴大理解。人類以理性規範並壓抑真實的人性，使世界看來是那麼有秩序，反而變得非常虛偽。巴塔耶的《情色論》，站在人的主體立場，有意恢復人的整體價值。這是相當雄辯的論述，超越當代所有哲學家的視野。他繼承尼采「上帝之死」的思維方式，又開啟後結構主義者如傅柯的思考，破除長期以來兩元論的優劣區隔、對立模式。他提出踰越（transgression）、過度（excess）的顛覆性觀念，來解釋人是如何突破理性的樊籬，可以使人生更加富饒而精彩。

在情色議題上，他並非只是訴諸理論，而且還以具體創作來支撐自己的論點。他的情色小說《眼睛的故事》，可以說是極盡肉慾描繪之能事。他把當年在西班牙觀看鬥牛的場景，寫入這本小說。他如實寫出血淋淋的屠牛之殘酷，那種暴力，遠遠超過性愛時的虐待。以獸作為犧牲品的儀式，早就發生於先民時代。後來的人類，添加不少華麗的裝飾，表面上似乎變得更加文明，骨子裡卻不改野蠻的本性。小說裡的情節，大膽描述青少年男女的性愛過程。他們在彼此身體上溺尿，毫不避諱所有骯髒的事物。尤其對於肛門、睪丸的細節敘事，更是逼真，直說直敘。法文的蛋（oeuf）與眼（oriel），發音近似，造成歧義的文字遊戲。眼睛是靈魂之窗，他故意直視屁眼，在肛門裡壓碎蛋殼，顛倒習以為常的禁忌。

小說也描寫在教堂裡告解的女性，她在神父之前手淫，也誘惑神父陷入慾火的煎熬。最後這位女性還幫助神父手淫，那是對宗教的最大褻瀆，也是對世俗道德的大膽翻轉。這種書寫策略，不只是耽溺於符號的轉移，同時也是發言位置的轉換。傳統社會利用各種儀式、附麗、裝飾、衣物來支撐所謂的文明，讓野蠻的人性受到掩蔽。擁有權力者，正是利用這些障眼法，製造種種禮儀，遂行其貪婪的慾望。這種障眼法，他們稱之為公平、正義、道德。

理性之為用，至大至剛。明明是侵犯別人的土地，卻以追求和平的名義訴諸戰爭。

明明是兼併人民的土地，卻以公平分配的藉口達到目的。正是在這樣的思考基礎上，巴塔耶樂於剝開道德的假面，直接深入肉體與心靈的最底層，觀察生命赤裸裸的本質。情色與肉慾，千古以來都是日常生活的禁忌，不敢直視它，其實就是不敢直視生命本身。他在這本書的開頭立即如此揭示：「所謂肉慾，是對生命本身的肯定，一直到死為止。」這句話，也在《文學與惡》裡重複說過，正意味著那是他思考的主軸。

人類不敢踰越，把性視為最大禁忌，完全是由掌權者所規定出來。古代的法老、貴族、皇帝、教士，是這些規律的執行者。他們監視又管理庶民百姓的私生活，包括他們的身體與慾望。然而，當權者卻超越法律道德之上，為所欲為，擁有他們糜爛頹廢的肉體享樂。進入近代之後，理性逐漸取代神權與皇權的地位，開始控制一般尋常百姓的生活秩序。權力在握者，以理性之名，進行各種監控。巴塔耶的論述，在於點出情色可以踰越所謂的禁忌，使人的主體回到原來的位置。這個論點，對於後來的傅柯論述啟發甚鉅。

他的肉慾論，緊緊與死亡的嚮往綁在一起。死的境界，在東方稱之為「極樂世界」。在那裡，沒有煩憂、沒有枷鎖、沒有負擔。但那也只是嚮往而已，無法死而復返。正是停在這個關口，巴塔耶展開死亡與情慾的論述。他強調交歡時，可以在死亡的感覺中獲得極樂。在歡愛時刻，向死亡深淵趨近，但是不想掉進去。他說得很明白：「真正的喜悅唯有來自瀕臨死亡的快感。」又說：「我們如果要享受歡愉，必須避開死亡。只有透過文學與獻祭等虛擬死亡方式，方能滿足我們。……我們並非要逃避死亡；相反的，我們要盯著死亡，並正面凝視它。」

他的死亡觀，不止於此。他認為每一生命都是不連貫的個體，使彼此可以連貫起來，正是肉慾的結合，「性關係本身是種溝通與衝動，天生具有慶典的本質；也因為性交本質上是種溝通，因此一開始就引發出走的衝動。」性愛使各自孤立、不連貫的生命可以結合並溝通。每個人不再是封閉的結構，透過肉體的交流而產生連貫。發生性高潮時，法國人稱之為「小死」（la petite mort）。那是一種失控的極端愉悅，近乎死亡。中國也對極致的愉悅，形容為「欲仙欲死」，正是把性與死連結起來。東方與西方的文化不同，卻在性愛行為中有了共通的想像。

為了到達小死，在有些性愛過程中，會加入某種程度的暴力。坊間有所謂的窒息式性愛，或虐待狂性愛，都是為了追求極致的肉體快樂。性，暴力，死亡，構成了人類情慾不可分割的元素。這些行為，在世人眼中，慢慢形成高度禁忌。性禁忌，其實是一種對死亡的畏懼，從而逐漸成為一定的道德規範。性愛是不事生產的消耗，尤其在高度理性的社會，對於生產要求高於一切的資本主義社會，性行為反而受到壓抑。有外在的壓抑，就有內在的想像。巴塔耶說，情色就是不斷踰越外在文化限制的想像。

他從宗教的觀點重新詮釋人類性愛的行為，在嘉年華的節慶，宗教容許各種狂歡的活動。在特別的節日，人們放下生產的工作，可以做出踰越宗教禁忌的行為。無論是獻祭，狂歡，大膽的舞蹈，都超越平日的規範限制，反而被稱為神聖。巴塔耶就在這裡建立了他的文化邏輯，亦即禁忌屬於世俗，踰越則是屬於神聖。引申到性活動中，所有突破禁忌的嘗試，都可視為神聖的一部分。性愛中的骯髒、褻瀆、甚至排泄物，在某種意義上，是踰越，也就是神聖。

「惡」始終是東西方最忌諱的禁地，因此在文學上，作家都避免觸及這塊禁區。捨去這方面的視野，美學的建構便被侷限在善與光明的營造。看待人生，永遠朝向明朗，樂觀，昇華的領域去開拓，對於人性的幽暗意識則完全棄而不顧。身為現代主義運動者的巴塔耶，在思維模式與美學取向上，刻意去經營情色與肉慾的理論探索。在結構主義與後結構主義的主張還未崛起之前，他以個人的敏銳探索，開始挑戰兩元論的僵化思考，找到突破而寬闊的論述途徑，為他那個時代尋求精神出口。他是現代主義運動的前鋒與尖端，理論遠遠走在時代之前。他蒙受各式各樣的羞辱與指控，但終於獲得後世的追認。看不見惡，就看不見完整的人性。對人性停留在殘缺的認識，文學就只能以殘缺的形式傳承下去。（本文討論《情色論》的部分，參考了賴守正的譯注者序）

第七章

葉石濤與鄉土文學理論

相對於現代主義運動，台灣鄉土文學的崛起顯然已經遲到。依照西方文學史的發展，寫實主義思潮優先於現代主義的到來。戰後台灣文學的歷程，寫實主義反而是跟著現代主義之後才發生。一般文學史的時間順序，都是先有鄉土，再引進現代。台灣提供一個相反的例子，這種模式當然與歷史條件有密切關係。這是因為鄉土文學在日據殖民時代就已經發生，但由於歷史記憶的斷裂，使過去的文學成就受到遮蔽。患有失憶症的社會，歷史往往必須發生兩次。尤其在一九五〇年代，殖民地歷史的反省遭到反共政策徹底抽離，文學創作者遂無法繼承殖民地文學的批判精神。

鄉土文學的回歸，在一九七〇年代重現時，便是從歷史記憶的追尋出發。如果沒有發生釣魚台事件，退出聯合國，以及「上海公報」的宣布，台灣在國際社會產生空前危機，台灣形象不可能形成文學創作的主題。「台灣」的發現，使島上作家在精神上出現前所未有的迴轉。一九五〇年代的文學主軸，是以中國記憶為轉移；一九六〇年代的文學關懷，則是以個人心靈世界為依歸。戰後文學走過二十餘年之後，才看見台灣。在文學史上，這是相當離奇的事。台灣這塊土地被監禁在作家的思考之外，完全是時代的錯誤。由於國際地位的孤立，島上威權體制開始產生鬆動，使得本土意識在縫隙中得以滲透。伴隨著本土意識的崛起，鄉土文學與黨外民主運動，獲得前所未有的伸張空間。

鄉土文學及其寫實主義，在台灣文學史上並未建立相當穩固的理論。不同於現代主義的美學，歷來擁有龐大的創作者與詮釋者，鄉土文學卻只是停留在本土意識的演繹。遠在日據時期，楊逵（1906-1985）曾經以馬克思主義理論來解釋台灣文學的性格，不僅具備鮮明的階級立場，也擁有進取的批判精神。對於殖民地左翼運動者而言，寫實主義是受壓迫者的最佳武器。楊逵能夠被日本中央文壇看見，就在於他引述日本左派文學的理論，並且以巧妙的文學技巧彰顯台灣農民的痛苦處境。到今天，楊逵仍然不斷受到敬佩與尊崇，正好顯示後來的寫實主義者沒有超越他，甚至也沒有繼承他。

一九七〇年代的鄉土文學崛起時，正好見證島上威權體制的合法性危機。當「中國」符號無法取得國際與國內的認證，台灣便以前所未有的鮮明形象，轉化成為雄辯的文學作品。鄉土文學理論的建構者有兩位，一是高舉中國意識的陳映真，一是提倡台灣意識的葉石濤（1925-2008）。前者以政治角度，後者以文學立場，介入鄉土文學運動。一九七七年，葉石濤發表〈台灣鄉土文學史導論〉，把台灣文學的起點追溯到明鄭時期。同年，陳映真立即發表〈鄉土文學的盲點〉，反駁葉石濤的觀點。他認為，台灣文學應該從中國近代史的角度來看，特別是鴉片戰爭以後，受到帝國侵略的中國歷史。葉、陳兩位的最大分歧，在於歷史觀的差異。葉石濤的台灣文學史始於十七世紀中葉，而陳映真認為應該始於十九世紀中葉。兩人的時間差距，正好相隔兩百年。他們的討論，可以視為文學史建構過程中的經典。台灣文學日後會出現統獨問題，以及不計其數的文學論戰，大約濫觴於此。

葉石濤被公認為鄉土文學的重鎮，無非是因為他始終強調以台灣為中心的文學創作，並且也強調台灣文學的主流是寫實主義。不僅如此，他從一九六五年開始，就倡議要寫一部台灣鄉土文學史。他的發願，完全不流於空談，而是具體付諸實現。葉石濤所強調的史觀，是從明鄭古典時期、日據殖民時期，跨越到戰後民主運動階段。這種通史（comprehensive history）的觀念，正好顯示他獨特的時間透視能力。他說過：「我們之所以把戰前的新文學與戰後的台灣文學看做是割裂不開的整體完全的文學，其原因在於我們認為台灣文學是世界文學的一環，而不是附屬於任何一個外來統治民族的附庸文學。日據時代的台灣新文學絕非日本的外地文學，也並非日本文學的延伸。戰後的台灣文學也絕非中國文學的一環，隸屬於中國文學。」在戒嚴時期提出這樣的觀點，完全表現了他的膽識與卓見。

什麼是寫實主義？葉石濤從未詳細給予定義。但是做為社會主義的信仰者，他特別注意文學中農民與工人的形象。當他從殖民地社會的觀點出發，便立即牽涉到兩個立場，一個是民族的，一個是階級的。從民族立場來看，台灣人是被殖民；從階級立場來看，農民工人是被壓迫。這當然是非常左派的觀點，但由於葉石濤曾經有過政治犯的受害經驗，遂刻意避開引述馬克思主義。但是他表現出來的史觀，以及對美學原則的評價，都相當符合左翼的解釋。台灣意識的理論建構，無疑是以葉石濤的文學批評為起點。他貼近台灣社會歷史脈絡來考察文學作品，把島上住民視為歷史的連續體，因此建立起來的通史觀念，可以解釋不同階段的文學成就。

葉石濤與陳映真的文學理論，事實上並沒有太大差異，因為兩人都注意到現實社會環境與文學創作立場。他們之間的最大分歧，在於前者是以通史觀念看待台灣文學，而後者則殫精竭慮要把台灣文學納入中國近代史的範疇。陳映真以斷代史（dynastic history）的觀點解釋台灣文學，基本上還是站在權力在握的統治者立場。確切而言，在他眼中文學並不是以人民創造力為主體，而是以統治者的更迭來定義歷史發展。這正好區隔葉、陳兩人的台灣文學解釋。雖然他們都指控帝國主義帶來的欺侮與損害，陳映真對於日據時代台灣階級的分析並不深入。相形之下，葉石濤對日據時代文學之熟悉，以及對戰後鄉土文學作家之貼近，便不是陳映真所能望其項背。

討論文學史，不能脫離文學作品，也不能脫離作家的時代環境。人民與土地，才是鄉土文學永恆的主題。帝國主義在台灣島上的傳承，其實是斷裂狀態。因為權力更迭不時發生，只有站在統治者立場，才有可能使用斷代史的觀念來解釋台灣文學。陳映真的中國立場極為鮮明，但是中國的內容是什麼，從未有具體的說明。把活生生的台灣作家苦難經驗，硬要套入不著邊際的中國近代史脈絡，無論是尺寸或規格，都顯得牽強而矯情。特別是以「中國農村」模式來解釋台灣農民，更是格格不入。中國固然受到帝國主義的侵略，但從來都不是殖民地社會，也不是第三世界，其文學表現內容與台灣作家誠然有很大差距。他用心良苦，以中國文學來解釋台灣作家，都只能訴諸浮光掠影的手法來套用模式，卻無法掌握台灣文學的全景。這正好說明葉石濤為何可以完成一部《台灣文學史綱》[1]，而陳映真卻繳了白卷。

整個台灣鄉土文學論戰的重要據點，無疑是葉石濤與陳映真之間的分庭抗禮。文

《台灣文學史綱》

學論戰，絕對不只是在空談理論架構，也不是在強調政治立場，而在於檢驗文學主張的實踐與運用。平心而論，葉石濤確實具體完成他的主張。在《台灣文學史綱》裡，葉石濤對這場論戰有如此評價：「它的根本精神，是扎根於台灣人民朝氣蓬勃、力求上進的靈性，跟日據時代反帝、反封建的台灣新文學運動一樣，也跟第三世界的被壓迫民族站在同一立場，對外反對新的殖民主義與經濟侵略，對內反對腐化無效率的官僚主義機構，革新政治，批判以一個家族為核心的自私的封建性、財閥和買辦的貪婪豪奪，欲使國家現代化。」他的論點，其實已經把陳映真的見解包括進來，反而更精確把握了台灣文學史的精神。

葉石濤的寫實主義理論，頗近於盧卡奇（Lukács György, 1885-1971）所強調的「整

1 葉石濤，《台灣文學史綱》（註解版），（高雄：春暉，二〇一〇）。

體性」觀點。因為殖民地台灣是西方帝國主義的祭品，而且也是近代資本主義的產物。必須先理解台灣及其受害的過程，以及從被壓迫經驗中所產生的文學，才有可能同時明白帝國主義與資本主義的文化邏輯。單方面指控帝國主義的壓迫，或片面以中國近代史觀強作解釋，卻無法從島上受害者的身上找到台灣文學根源，不僅違背了寫實主義精神，也違背了創作者的抵抗意志。綜觀一九七〇年代本土文學陣營，能夠恰當解釋鄉土文學的歷史根源，同時為鄉土作家找到文學定位者，唯葉石濤而已。

葉石濤在文學理論與文學史觀之間，看法非常一致。但反觀他的小說創作，卻可發現他是無可救藥的唯美浪漫主義者。他早期小說《羅桑榮與四個女人》[2]與《葫蘆巷春夢》[3]，充滿了被壓抑的性暗示。在現實生活中無法完成的愛情，只能選擇在小說的虛構裡完成。他進行文學批評時，不遺餘力鼓勵同世代作家必須批判不公平的現實，必須反映欠缺公理正義的社會，卻不曾在小說世界展開對政治社會的干涉。這

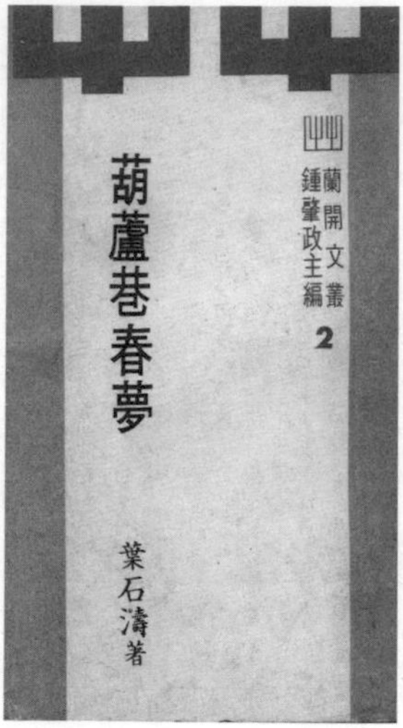

《葫蘆巷春夢》

正是葉石濤的矛盾。他文學創作的轉向，必須要在晚年才有可觀的成就。一九八七年解嚴之後，他開始在精神上獲得鬆綁，次第寫出《一位台灣老朽作家的五〇年代》[4]、《台灣男子簡阿淘》[5]、《紅鞋子》[6]，重新挖掘白色恐怖時期的記憶。他對寫實主義的信仰，對社會主義的嚮往，都在這些書寫中篤定呈現出來。真實的葉石濤在這個階段，才眉目清楚出現於台灣文壇。

如果有所謂的晚期風格，葉石濤正好提供一個最好範例。時代的激流，歷史的浪潮，曾經淹沒他的文學志業，也遮蔽他的政治信仰。必須跨入晚年階段，台灣社會才從威權時代走向民主開放時期。政治環境變得非常寬容，曾經被壓抑的自我可以透過書寫而盛開。他在這段時期已經有足夠的能力與智慧，融會貫通他一生的信仰與追求。一九四〇年代的他，懷抱一個破碎的青年夢想。一九五〇年代的他，只因接觸社會主義思想

---

2 葉石濤，《羅桑榮與四個女人》（台北：林白，一九六九）。
3 葉石濤，《葫蘆巷春夢》（台北：蘭開書局，一九六八）。
4 葉石濤，《一位台灣老朽作家的五〇年代》（台北：前衛，一九九一）。
5 葉石濤，《台灣男子簡阿淘》（台北：前衛，一九九〇）。
6 葉石濤，《紅鞋子》（高雄：春暉，二〇〇〇）。

而遭到監禁。一九六〇年代，他發願要寫出一部台灣文學史。一九七〇年代，捲入鄉土文學論戰，充分表達他的文學史觀。一九八〇年代，終於寫出他生命中的文學史。一九九〇年代，他以從容的心情回顧生命的全部，而且寫出島上的愛與死。他人生的起伏跌宕，正好是一部精采文學史的投影。他遠離台灣，文學思想卻臻於開枝散葉的盛況。

第八章

後現代與後殖民的糾葛

鄉土文學論戰結束後不久，又立即發生美麗島事件，反映出台灣文學崎嶇發展的過程。當政治頓挫之餘，民主運動的節奏並未稍緩。資本主義的發展，也以一定的速度篤定邁入一九八〇年代。威權體制的操控，比起一九七〇年代還更零落不堪。高度資本主義的誕生，逐漸塑造出一個龐大的中產階級。伴隨這個階級的形成，台灣社會出現前所未有的強烈改革意願。這種改革的嚮往，絕對不是依照黨的意志為轉移，而是有其資本主義文化邏輯的演繹。中產階級不但是構成挑戰威權體制的強悍力量，同時也是台灣文學藝術改造的推動根源。一個新的文化生態就要出現，台灣社會內部的暗潮洶湧，其實是呼應著外在環境的驚濤拍岸。島內的民主改革欲求，與島外晚期資本主義的要求，正好匯集成巨大的歷史浪潮，持續擊打著曾經固若金湯的權力堡壘。

如果要檢討歷史的轉折，就有必要從兩種視野來考察，一個是海峽的內戰體制，一個是全球的冷戰體制。前者始於一九四五年終戰之後，延續到一九九〇年代；後者始於一九五〇年韓戰爆發，終結於一九八〇年代。這雙重歷史的重疊，使一九八〇年代的台灣社會變得精采而詭譎。兩種歷史脈絡支配下的台灣，必須嚴肅面對兩個重要議題：緊接著發展出來的文化，究竟是屬於後殖民，還是後現代？兩種思維，或許是相生相剋，或許是兼容並濟，緊緊糾纏著日後台灣文學的研究。

從島內的歷史來追溯，威權體制可以在一九五〇年代迅速建立起來，無疑是奠基於日本人遺留下來的殖民體制。盤據五十年的台灣總督府，營造一個相當細緻的現代化統治機器。尤其是思想價值的操控與高度權力的支配，極其成功地改造了台灣住民的人格。從大和民族主義到天皇崇拜，國語運動，專賣制度，以及警察系統，非常穩固地維持了殖民統治。那種權力分布，從中央到地方，從城市到鄉村，從資本家到農工階級，正如血脈控制肢體，已經到達爐火純青的地步。這樣的制度，在國民黨接收之際，無縫接軌地繼承，只是名目稍加更改而已，如中華民族主義，領袖崇拜，國語運動，公賣制度，警察系統，完全與日據時代毫無二致。其中的警察制度，反而更嚴厲，完全納入軍事化的體系。以這些歷史事實來印證，把那段時期的權力接班定義為「再殖民」，應該是恰如其分。

從島外資本主義的演進來觀察，支配台灣經濟力量的源頭只是從日本轉移到美國。一九五〇年代，台灣被編入美國的反共陣營，從而也被納入全球的冷戰體制，自然而然使台灣文化必須向右派靠攏，站在蘇聯與中國的共產主義體制的對立面，台灣的政治、經濟、軍事都成為美國的附庸。在這種形勢下，歷史力量並不只是由島上的國民黨政府所左右，來自華府的政治干涉也決定了台灣文化的氣象。一九七〇年代，美國企圖把資本主義引進共產社會，遂採取「以對話代替對抗」的戰略。一九七二年的「上海公報」，一九七九年的中美建交，不僅意味著北京與華府的和解，而且也意味著資本主義的再擴張。

島內島外兩種力量的交纏與交會，構成了一九八〇年代的政治風景。全球化資本主義開始衝擊台灣社會，使得國民黨不得不走向開放的道路。一九八七年解嚴時，也正是資本主義在台灣高度成熟的時候。解嚴帶來了解構，後殖民與後現代終於在島上同時出現。這是複雜歷史的產物，正好可以說明台灣社會建立主體性時，遇到政治所帶來的苦惱。後殖民與後現代，是兩種悖反的思維方式。前者適用於第三世界，後者流行於第一世界。由於歷史發展的巧合或誤會，竟然使解嚴文化與解構文化在島上正面相遇。兩種力量的相互激盪，終於使台灣文學擦出耀眼的火花。

後殖民與後現代，都同樣強調去中心（de-centering）。但兩種思維裡的中心，卻有不同的意涵。後殖民理論所彰顯的中心，是屬於帝國與殖民權力；後現代理論所強調的中心，是指西方啟蒙運動以來的文化價值主體。要區隔兩種思維的最大關鍵在於，後殖民想盡辦法要重建主體（reconstruction of subject），後現代則處心積慮要解構主體（deconstruction of subject）。從英文單字來看，最大差異只是一個字母，但所開出的文化格局卻全然兩樣。縱然兩者在一定程度上都具有批判力道，但權力中心的位置並不一樣。對後殖民而言，帝國權力是從外部滲透進來；對後現代而言，主流價值則是存在於社會內部。東方殖民社會與西方現代社會，便是在權力批判的位置上劃清界線。

解嚴前後的台灣，同時面臨內部殖民的殘餘與外部資本主義的席捲，使得文學生產不能不回應如此歷史的衝擊。檢驗一九八〇年代的文學風景，當可發現記憶（memory）已經成為一種技藝（craft）。不同作家看待歷史的方式，都有各自的發言位置。解嚴以後，台灣社會曾經出現歷史造像運動，把沉埋已久的官方檔案、私人書信重新挖掘出來。伴隨這樣的歷史造像運動，最受矚目的議題，莫過於二二八事件。這是曾經遭到權力封鎖的歷史記憶，由於真相未明，埋藏四十年的冤屈從未得到紓解。對島上住民而言，那是一個記憶的黑洞，是未曾療癒的傷口。解嚴宣布時，彷彿是啟開一個沉重的歷史閘門，被吞噬的冤孽靈魂一夜之間釋放出來，島上立即捲起恢復記憶的風潮。緊跟二二八事件研究風氣之後，台灣史的探索也升格為顯學。

歷史造像無疑是一種主體重建，從日據時期到戰後社會，民間並不存在任何發言權。在政治經濟的領域一直被邊緣化，在文化詮釋上自然也失去使力空間。解嚴使長期受到壓抑的文化能量釋放出來，埋藏在社會底層的礦苗，次第挖掘出來。當記憶開始恢復之際，民間也逐漸奪回歷史發言權。日據時期的政治與文學運動者的史料不斷出土，一九八〇年前後，讀書市場開始出現台灣作家文集與全集。其中包括張良澤（1939-）主編的《吳濁流作品集》[1]、《鍾理和全集》[2]、《王詩琅全集》[3]、《賴和全集》[4]，葉石濤、鍾肇政（1925-）主編的《光復前台灣文學全集》[5]，與李南衡（1940-）主編的《日據下台灣新文學》[6]。在那荒蕪未闢的階段，這些文學作品的重見天日，強烈暗示一個新時代就要到來。一九九〇年代，前衛出版社推出《台灣作家全集》共五十冊，是大規模的史料出土，橫跨日據到戰後八〇年代新生代作家的作品，相當雄辯地成為文化主體性重建的證詞。

在文化主體重建之際，晚期資本主義同時襲來，也開始大量出現解構主體的力道。如果這股文化力量可以定義為後現代，其中最顯著的，莫過於消費文化的崛起。所謂消費文化，伴隨著資訊的高度發達，以及知識生產的爆發，開始突破權力禁錮的界線。商品的大量生產，開發了心靈底層的物慾。過去量入為出的節儉觀念，突然翻轉成為量出為入的消費方式，再加上流行品牌的誘惑與信用卡的濫用，徹底使勤儉持家的社會崩解。各種品牌的入侵，也形塑拜物的風氣。如果品牌可以視為符號，似乎也開始解構具有深度與重量的歷史感。

後現代文化的一個重要特色，便是沒有深度（depthless）。過去的歷史記憶，價值觀念，美學原則，不再是人的思維重心。取而代之的是不斷浮現的流行文化，每隔十年，或者更短的五年，就有新的品牌或時尚冒出。由於太過短暫，時代潮流立即就過去了，從而所謂的懷舊病（nostalgia）就變得越來越淺薄。後現代文化的衝擊之下，所謂

1 張良澤主編，《吳濁流作品集》（台北：遠行，一九七七）。
2 張良澤主編，《鍾理和全集》（台北：遠行，一九七六）。
3 張良澤主編，《王詩琅全集》（高雄：德馨室，一九七九）。
4 張良澤主編，《賴和全集》（台北：遠行，一九七六）。
5 葉石濤、鍾肇政主編，《光復前台灣文學全集》（新北市：遠景，一九七九）。
6 李南衡主編，《日據下台灣新文學》（台北：明潭，一九七九）。

《一九四七高砂百合》（聯合文學提供）

歷史脈絡或歷史深度，彷彿已經過時。相對於後殖民論者，後現代文化支持者把歷史扁平化，不再以縱深或立體的觀念看待過去發生的事件。這種思維方式帶出偽知識（pseudo-knowledge）與偽歷史（pseudo-history），甚至在如幻似真的記憶上，製造歷史擬仿（historical simulation）。一九九〇年代，張大春（1957-）所寫的《撒謊的信徒》[7]，以及林燿德（1962-1996）所寫的《一九四七高砂百合》[8]，是後現代小說的一個典範。相對於前述的後殖民小說，正好構成強烈對比。

一九九五年以降的國內學界，曾經出現過台灣文學屬於後殖民或後現代的廣泛討論，從此綿延展開將近十年的爭論，恰恰可以說明台灣歷史的相生相剋。因為台灣有殖民歷史的一面，又有資本主義發展的另一面。尤其這是一個開放性的海島國家，不可能只是接受大陸型國家的支配。當它淪為殖民地時，歷史力量再也不是由單一的政權來操控。多元的權力主軸相當複雜，在島上產生的文化作用，也相對變化多端。台灣文學進入學院體制之後，便注定是諸神的戰場。各種意識形態的信仰者，都迫不及待要進入這個場域，爭取發言權。其中包括統派，獨派，左派，右派。由於發言位置的歧異，對於台灣歷史的解釋，就有不同的組合。我們必須承認，儘管意識型態有很大差異，每位發言的知識分子，其實都是台灣歷史的產物。

後殖民或後現代的文學解釋，也許不能定於一尊。內戰與冷戰體制在八〇年代先後終結之際，也帶來後殖民與後現代兩種思潮。歷史的客觀發展，絕對不是台灣這小小海島所可逆轉。當人民意志受到壓制，主體聲音就不可能獲得釋放，只能等待威權體制鬆綁，結束長期的權力支配，從而使日據殖民與戰後戒嚴的囚牢終於瓦解，作崇百年的幽靈，才宣告遠離島嶼。進入一九九〇年代，人民力量慢慢抬頭，民主運動更趨成熟之後，許多學術詮釋也獲得存在的空間。一九九五年省長選舉，一九九六年總統選舉，全然翻轉了少數統治的宿命。後殖民的歷史反省，後現代的思想開放，齊頭並進打開了權

---

7 張大春，《撒謊的信徒》（台北：聯合文學，一九九六）。

8 林燿德，《一九四七高砂百合》（新版），（台北：聯合文學，二〇〇六）。

力枷鎖。後殖民或後現代的爭論，是否繼續延伸下去，再也不能影響人民意志的崛起。一個具有台灣價值的文化主體性，已巍然建立。

第九章

薩依德與後殖民史觀

《台灣新文學史》的撰寫過程中，史觀建立是最受到挑戰的議題。把二十世紀台灣史斷代成為殖民（1895-1945）、再殖民（1945-1987）、後殖民（1987- ）三個時期，頗引起關切。歷史是否能夠如此整齊劃分，自有值得商榷之處。歷史與文學的發展，原就無規律可言。但是，從移民史與殖民史的觀點來看，始終有一種權力支配在引導著台灣社會。所有文學作品，都是時代與歷史的產物。即使文學內容有其內在、自主的有機結構，作者在落筆之際，仍不免與他的時代與社會展開無盡對話。正是存在這樣的對話，文學作品自然而然就帶有一定歷史階段的特性，也因此而形塑其特殊的價值觀念與美學原則。

文學史觀的建立，在於檢驗特定歷史階段的文學風格與美學原則。所有文學史的撰寫，都是屬於文學批評的範疇，一方面要注意社會政治的歷史流變，一方面也要照顧文學作品的優劣美醜，前者是時間的批評，後者則是空間的批評。在不同時代，就有不同的文學空氣。二十世紀台灣文學的釀造，無可懷疑被容納在三個相生相剋的時代。沒有殖民統治的歷史，就沒有新文學的誕生，也就沒有寫實主義與左翼文學的批判精神。同樣的，沒有戰後戒嚴體制的控制，就沒有現代主義的傳播，也就沒有後來鄉土文學運動的崛起。如果沒有全球化資本主義的衝擊，迫使威權體制瓦解，就沒有後殖民與後現代文學的相繼浮現。採取後殖民的史觀，顯然可以統攝各個階段文學生產的美學特質，及其背後的權力運作。文學與客觀社會現實之間的互動關係，也可以使用後殖民理論的方法來檢驗。

史觀（historical perspectives），就是看待歷史的觀點與視野。文學史觀，牽涉到史家的膽氣與洞察，也關係到批評的品味與解讀能力。台灣文學在短短百年內的發展，經歷過殖民時期、戒嚴時期、解嚴時期。這三個階段正好可以運用後殖民的概念來詮釋。台灣新文學史的分期觀念，與海島社會被捲入現代化運動的過程，可謂息息相關。對台灣社會而言，無論是戰前殖民現代性，或是戰後伴隨帝國主義所帶來的資本主義發展，甚至是一九八〇年代全球化浪潮的席捲，都可以放進後殖民的範疇。因此，《台灣新文學史》的書寫，以及背後所支撐的後殖民史觀，便是在這樣歷史理解的基礎上次第展開。

後殖民理論的建立，不能不歸功於薩依德卓越的學術成就。身為巴勒斯坦民族的後裔，並非天生就覺悟自己是文化上的流亡者。在成長過程中，歷經多重的政治經驗與文化體驗之後，才終於產生前所未有的身分意識。他整個知識系統的建構，完全是在英文世界的教育下薰陶出來。他的家庭信奉基督教，在埃及接受英國學校的訓練，又在美國拿到博士學位，最後在哥倫比亞大學獲得教職，講授西方文學與批評理論。他的生命軌跡，偏離巴勒斯坦越來越遙遠。逐漸產生身分意識的自覺，完全來自他在美國的疏離感，以及發現美國媒體對中東政治形勢的偏頗報導。美國學界一面倒站在以色列的立場，使他覺悟並沒有客觀學術的存在。尤其是見證一九六七年以阿之間的六日戰爭，及其日後一連串事件的衝擊，他才更加鮮明地感受到夾在中間（in-between）的苦惱與困境。

但是擁有美國人的國籍，也使他無法介入巴勒斯坦的事務。他後來的傳記自況是「格格不入」（out of place），指的便是他在政治與文化的各個領域，無論在何時何地都無法恰當融入。他的位置，在這世界永遠都注定是邊緣。如果有所謂的流亡，薩依德畢生所承擔的折磨，大約就是精神與肉體的雙重流亡。他說，流亡生涯使他總是保持著雙重視野（double vision），既要觀察他的母國文化傳統，也要觀察在地國的文化變遷。這使他永遠處在敏銳的閱讀狀態，從未輕易偏廢任何一方。他發展出來的對位式閱讀（contrapuntal reading），是他後殖民論述的精髓所在。不能只是強調欺凌與壓迫，也不能一味暴露傷口，百般憐惜被壓迫的歷史。他的批判精神在於針對權力支配，絕非全盤

《東方主義》（立緒出版提供）

否定帝國的文化成就，也絕非膨脹被殖民者的文化高度。

他的後殖民論述，正是建立在雙重視野與對位閱讀的基礎上。一九七八年出版的《東方主義》（*Orientalism*）[1]，代表了他作為流亡知識分子對西方帝國文學的理解與分析。地球是圓的，並沒有東方與西方之分。東西的劃分，完全是人為的建構。尤其是西方現代文明的崛起，開始以歐洲為中心，對東方做出特殊的定位。距離歐洲較近的東方，就命名為近東；距離較遠，則稱呼為遠東。在古典時代，西方人對東方已經抱持高度好奇。必須到達大航海時代之後，通過冒險家、傳教士、貿易商人、人類學家的旅行書寫，才點點滴滴建構起有關東方的知識。這些靜態文字所拼湊起來的有關東方知識，就成為西方人的想像。東方，意味著落後、未開化、沒有理性、沒有上帝的國度。西方人所懷抱的這

[1] Edward W. Said著。王志弘等譯。《東方主義》（*Orientalism*）（新北市：立緒，二〇〇〇）。

種地理想像，即使在與真正的東方接觸之後，仍然還是一成不變。薩依德把這種文化偏見，形容為「東方化東方」（orientalizing the orient），不僅暗示西方的優越地位，也以想像中的落後東方，取代現實裡的東方。

東方主義可以分成顯性（manifest）與隱性（patent）兩種，前者表現在文學、歷史學、政治學、社會學，後者則是屬於集體無意識，或是特定的意識形態。只要提及東方，文化落後的意象便油然而生。那種深層意識，正好可以區隔東西雙方的系統差異。近代文明崛起於西方，使歐洲中心論也因應而生，在文化上頗有優越感。因為東方是落後的，是沒有上帝的，需要被救贖，需要西方人前往給予開化，這正好是殖民主義的張本。所謂東方主義或東方論，在西方漫長的歷史過程中漸漸形塑起來。無論是十字軍東征，或但丁（Dante Alighieri, 1265-1321）《神曲》（*Divina Commedia*）[2]，伊斯蘭的穆罕默德都是被醜化的對象。大航海時代西方勢力擴張後，東方的概念逐漸延伸到印度，以至中國。那已經超出《聖經》所容納的世界範圍，但是東西兩元對立也跟著更加深化。阿拉伯人也毫無批判地接收這種東方論述，甚至還自願向西方人提供有關伊斯蘭的報導。薩依德說，東方人不知不覺也「自我東方化」了。

《東方主義》受到傅柯（Michel Foucault, 1926-1984）的理論的影響甚鉅。傅柯所強調的論述力量，正好可以運用在西方人對東方概念的形塑及其實踐。無可否認，沒有傅柯思維方式的啟發，恐怕薩依德無法發展出如此龐大的解釋。縱然薩依德後來選擇與傅柯分道揚鑣，卻不能不承認傅柯點燃思想火花的最初效應。東方主義就是一種論述或話語（discourse），他挪用傅柯所建構論述、知識、權力的連鎖關係，來解釋東方主義。西方人透過東方的意象，來定義自己。還沒有真正到達東方之前，西方早就發展出一套東方論述。這種文本性，並不是真實的存在；但是以簡單、公式化的想像與描述來凝視東方，卻有助於劃出西方文明的界線。在這基礎上，有關東方的學術與研究也慢慢建立起來，不僅形成源遠流長的知識傳統，也培養無數治學嚴謹的東方學者（orientalist）。以龐大淵博的東方知識為後盾，西方帝國主義可以制定侵略與擴張的政策。在奪取殖民地之後，東方學的知識正好也可以運用在他們的統治地區，成為控制被殖民者的最佳權力手段。

---

[2] Dante Alighieri著。黃國彬譯。《神曲：地獄篇、煉獄篇、天堂篇》（*Divina Commedia*）（台北：九歌，二〇〇六）。

薩依德對後殖民論述的貢獻，並不在於盲目批判帝國主義的體制與剝削，他在意的是文化偏見所帶來的歧視與傲慢。這正是薩依德能夠超越所有的批評家之處，使他能夠從殖民政經結構讀出背後所隱藏的文化霸權思維。文化生態與人文議題是他終身的主要關切，從來不會因為在學院擔任教職，而與社會現實保持疏離。他深深理解，知識分子比社會的各個階層能取得更豐富的資訊，自然就被賦予任務去介入並干涉。他非常厭惡工具性、技術性的學者，更厭惡向壁虛構的潔癖思維。他認為學術研究應該是人文精神的累積，可以協助理解或解決社會所共同面臨的問題。

他自承知識的建構，從未偏離世俗（secular）與現世（worldly），或者借用東方的說法，便是富有人間性。他寫的事事物物，都是朝向人的世界，所有書寫都與他所處的環境息息相關。這說明為什麼他特別強調人文精神，只要是涉及學術的問題，他總是凝神貫注於世間的政治。巴勒斯坦的問題，幾乎是他整個學術志業的重心。他彈一手上乘傑出的鋼琴，他專注於文學批評，他在學界獲得高度尊崇，卻未嘗稍歇對中東局勢的關切。在著作中，至少有一半以上都在討論巴勒斯坦。可以顯見在他的思考中，政論撰寫的份量。他甚至參加阿拉法特的陣營，介入多次國際談判。他對文化問題的注意，必定

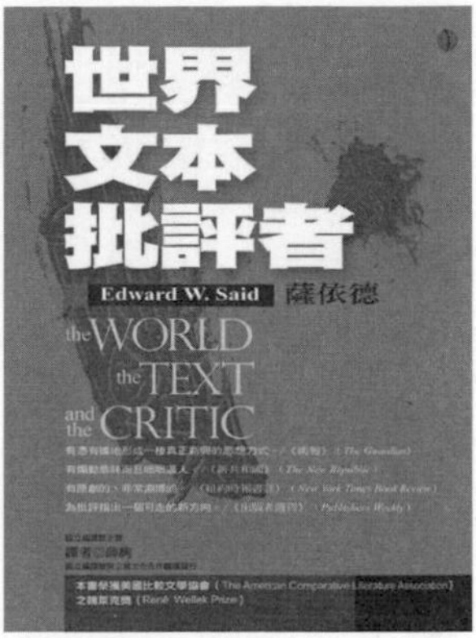

《世界・文本・批評者》（立緒出版提供）

《知識分子論》

從歷史脈絡的觀點去理解。所有文化的累積與傳承，都是經過長程時間的演變。文化之所以是文化，便是在不同歷史階段的流變中，點點滴滴烙印在人們的心靈，從而逐漸轉化成各自的世界觀與價值觀。

他寫的《東方主義》，反覆求索的是東西方文化如何形成。歷史經驗不同，便自然決定了對世界解釋的歧異。他稍後撰寫的《世界・文本・批評者》（*The World, the Text, the Critic*）[3]，《文化與帝國主義》（*Culture and Imperialism*）[4]，《知識分子論》（*Representations*

3　Edward W. Said著。梁永安譯。《世界・文本・批評家》（*The World ,the Text and the Critic*）（新北市：立緒，二〇〇四）。

4　Edward W. Said著。蔡源林譯。《文化與帝國主義》（Culture and Imperialism）（新北市：立緒，二〇〇一）。

《鄉關何處》（立緒出版提供）

《文化與帝國主義》（立緒出版提供）

《薩依德的流亡者之書》（立緒出版提供）

of the Intellectual）[5]，沒有一本脫離他知識的基本態度。知識分子既然必須對權力說真話，他就完全不迴避與他命運緊緊綁在一起的中東政治。他出版系列的政論，包括《巴勒斯坦問題》（*The Question of Palestine*）[6]，《遮蔽的伊斯蘭》（*Covering Islam*）[7]，《薩依德的流亡者之書：最後一片天空消失之後的巴勒斯坦》（*After the Last Sky: Palestinian Lives*）[8]，《和平及其不滿》（*Peace and Its Discontents*）[9]，《流離政治學》（*The Politics of Dispossession*）[10]，《鄉關何處：薩依德回憶錄》（*Out of Place: A Memoir*）[11]。他的學術與政治，展開無窮盡的對話，相互支援，相互修正。對於象牙塔般的美國學界，薩依德言行簡直褻瀆也玷污了校園的神聖。

他與巴勒斯坦革命團體的決裂，就在於他提出

《遮蔽的伊斯蘭》（立緒出版提供）

雙元國家（bi-state）的建議。薩依德認為巴勒斯坦境內的猶太人，應該被接納成為新國家的成員。就像他的後殖民理論所說，對於殖民統治的抵抗，不能使用排他的民族主義或本土主義，來取代壓迫的殖民主義。他特別揭示人類現實（human reality）與人類經驗（human experience）的文化意義。而這樣的看法，也與他畢生所尊崇的對位式閱讀有密切關係。對歷史的尊重，就是對文化的維護。幾乎可以說，薩依德的整個知識系統，環

5 Edward W. Said著。單德興譯。《知識分子論》（*Representations of the Intellectual*）。（台北：麥田，二〇〇四）。
6 Edward W. Said. *The Question of Palestine* (New York: Vintage Book,1992).
7 Edward W. Said著。閻紀宇譯。《遮蔽的伊斯蘭：西方媒體眼中的穆斯林世界》（*Covering Islam*）（新北市：立緒，二〇〇二）。
8 Edward W. Said著。梁永安譯。《薩依德的流亡者之書：最後一片天空消失之後的巴勒斯坦》（*After the Last Sky: Palestinian Lives*）（新北市：立緒，二〇一〇）。
9 Edward W. Said. *Peace and Its Discontents: Essays on Palestine in the Middle East Peace Process* (New York: Random House, 1995).
10 Edward W. Said. *The Politics of Dispossession: The Struggle for Palestinian Self-Determination* (New York: Vintage Book,1995).
11 Edward W. Said著。彭懷棟譯。《鄉關何處：薩依德回憶錄》（*Out of Place: A Memoir*）（新北市：立緒，二〇〇〇）。

環相扣，形成一個極為健全的論述。後殖民，卑之無甚高論，就是在抵抗與批判之餘，懷抱開放的態度與立場面對被殖民的事實。如何把文化從受害轉化為受惠，是所有承擔歷史傷害的知識分子要嚴肅面臨的挑戰。

第十章

後殖民的「後」始於何時

後殖民的「後」與後現代的「後」，是不是意義可以相通？這是西方學界反覆討論的一個重要議題。所謂「後」（post），既指時間的往後移動，也是指空間的位移。它一方面強調，主體的構成不可能只是單一價值；一方面也揭露，主體內部各個價值之間存在著差異性。對於後現代主義而言，在一定程度，仍然承接現代主義時期的文化特質。在時間序階上，後現代主義是繼承現代主義而來，因此要探討後現代狀況，似乎有必要回到現代主義時期，重新了解。這說明了現代主義之所以成為顯學的原因。沒有現代，就不會有後現代。後現代理論，對現代主義既有繼承，也有批判，但關係密不可分。後殖民理論，當然是對殖民時期文化的反思，但它不是繼承殖民，而是反過來批判殖民。

依照詹明信（Fredric Jameson, 1934）在他的專書《後現代主義或晚期資本主義的文化邏輯》（*Postmodernism, or the Cultural Logic of Late Capitalism*）[1]的解釋，如果現代主義是反映壟斷資本主義（monopolized capitalism）時期的美學，則後現代主義正是顯現晚期資本主義（late capitalism）時期的價值觀念。相形之下，後殖民主義的後，究竟是指殖民統治開始之後，還是殖民統治結束之後，頗值得深入探討。

在第二次世界大戰結束之前，整個地球三分之二以上的土地，以及三分之二以上的人口，都有過被殖民的經驗。攤開世界地圖來看，可以發現所有的殖民母國都集中在北半球，如英國、法國、德國、荷蘭、西班牙、葡萄牙、日本、美國。而被殖民的國家，大部分都位在赤道以北的邊緣，以及整個南半球的亞洲、非洲、拉丁美洲。這是人類歷史上最嚴重的南北問題（South/ North Question），所有被殖民的國家，資源全然被北方大國搜括。這種極其不公平的政治經濟現象，完全是資本主義不平衡發展的後果。

在一八四〇年代工業革命初期，西歐各國的社會開始出現資產階級、小資產階級、無產階級的劃分，每個國家都發生資本家剝削農民工人的惡化現象。而這樣的階級分化，都限制在各自的國家範圍之內。英國資本家剝削英國工人，法國資產階級掠奪法國無產階級，這也就是詹明信所說的國家資本主義的階段。在這段時期，慢慢發展出寫實主義（realism）的美學，揭露醜惡階級壓迫、掠奪、欺負的事實。必須要到一八九〇年代之後，西方為了要拯救資本主義的危機，遂逐漸向殖民地擴張發展。西方強權各自據有殖民地，並且建立保護利益的勢力範圍（sphere of influence），規範帝國與帝國

---

1 Fredric Jameson著。吳美真譯。《後現代主義或晚期資本主義的文化邏輯》（*Postmodernism or, The Cultural Logic of Late Capitalism*）（台北：時報，一九九八）。

之間互不侵犯。這也就是詹明信所說的壟斷資本主義。各國資本家除了剝削本國的無產階級，也開始壓迫殖民地的農民與工人。西方帝國因為擁有殖民地而解除了資本主義危機，在經濟上可以維持國內的穩定。正是在這段時期，西方現代主義運動才得以展開。

挾帶船堅砲利的西方帝國主義，進入殖民地以後，也開始引介工業化與現代化到陌生的土地。這種不是出自殖民地人民意願的現代化運動，不僅帶來了強勢的文化侵略，而且也建立了違背人性的殖民統治。所謂殖民地摩登（colonial modernity），完全不同於過度開發的西方帝國；整個現代化觀念，是依照殖民統治者的主觀意願來傳播。還停留在傳統社會的被殖民者，受到強迫，接受全新的價值觀念與生活方式，同時也見證自己的土地遭到掠奪兼併。相對於西方帝國的現代化運動，殖民地顯然是遲到，而且也是早熟。遲到的現代性（belated modernity），當然是指與西方文化的時間落差（time-lag）；而早熟的現代性（premature modernity），則是指殖民地的經濟條件還未完備之前，殖民者就已經展開現代化運動。因此帶來的痛苦，簡直無法想像。

以台灣的歷史為例，正好可以解釋後殖民的兩難狀態（dilemma）。一八九五年之後，日本帶來的現代化運動，一方面使台灣社會從落後的封建時期掙脫出來，一方面又迎接了日本殖民統治的壓迫。對於台灣人民而言，他們已經相當熟悉清代王朝的統治。在文化上，接受儒家文化與書院制度，而且讀書階層也習慣以古典漢語進行思考與書寫。驟然淪為殖民地之後，使用文言文的小小海島，在一夜之間被迫接受日語。那種文化震撼，必須身歷其境者才能深刻體會。一般住民在心理上還未準備好之前，台灣總督府已經大開大闔推行了現代化運動。

殖民者首先把近代法權觀念引介到台灣，要求所有地主必須到各地公家機構登記所有權。凡是未登記者，土地便被沒收。許多地主由於畏懼合法登記，很快就輕易失去原來所擁有的土地。不僅如此，日本資本家也開始覬覦一般農民的土地，在丈量調查之後，開始進行兼併。台灣反抗運動最初由農民領導，原因就在於此。除了土地、水利、山林、礦產、人口調查之外，總督府最犀利的手段便是進行台灣舊慣調查與番人舊慣調查，同時在漢人與原住民之間，進行了解日常習慣與文化脾性。這種調查的目的，在於使殖民者清楚掌握被殖民者的生活訣竅與行為模式。總督府能夠掌控所有的經濟文化狀況之後，現代化運動於焉展開。

如果用這樣的史實來印證，則後殖民的後，其實不是台灣總督府瓦解之後才開始，而應該是殖民體制建立之初，就已經發生後殖民現象。台灣住民的反抗，始於前仆後繼的農民武裝起義，接著在一九二〇年代由新興知識分子繼續展開文化抵抗運動。後殖民主義所留下來的最好遺產，無非就是抵抗精神。在印度、在中東、在遠東，甚至在非洲與拉丁美洲，拉開了一場格局相當龐大的抵抗運動，正是後殖民理論的終極關懷。

亞洲、非洲、拉丁美洲在淪為殖民地之前，首先是成為西方帝國的想像。相對於西方近代知識的崛起，亞非拉的住民顯然被定位於落後、污穢、迷信、屈服的情境。日本在一八六〇年代的明治維新展開現代化運動之後，開始大量汲取或模仿西方帝國的文物制度。在整個亞洲國家，日本確實是優先到達現代，而且在一八九五年與一九〇五年經過日清戰爭與日俄戰爭，分別擊敗亞洲大陸的兩個舊帝國。進入二十世紀之初，日本一躍成為新帝國。它把到達現代的優先性，轉化成文化上的優越性。在日本知識分子的論述裡，開始依照他們的想像來形塑中國、俄國以及台灣、朝鮮。這是屬於東方式的東方想像，即使是通過模仿學習而獲得西方的近代知識，在日本人眼中，亞洲都是屬於弱小國家，並且各地的文明都無法與日本相互比並。

明治維新時期的啟蒙知識分子福澤諭吉（1835-1901），主張人人生而平等。但是

福澤諭吉（日本國立國會圖書館提供）

提到殖民地的時候，他主張必須訴諸武力來馴服被殖民者。明治維新時期建立起來的殖民論述，相當鮮明在日本與台灣之間畫出文明與野蠻的界線。殖民者的視線，自始至終都是站在優越位置，俯視被殖民者。確切而言，殖民者與被殖民者之間的不平等關係，在整個統治體制建構之前就已經確立。因此，在台灣總督府建立起來時，後殖民時期就已經展開。從農民起義的武力抗爭，到知識分子的精神抵抗，都是屬於非常後殖民的行動。

討論後殖民時，並非只是強調反抗而已。在被殖民的成員裡，當然有反抗者（resistant），也會有協力者（collaborator）。殖民權力支配所形成的複雜網絡，往往在被殖民者之間劃分出不同的權力關係。在歷史反省中，所有抵抗文化，自然是獲得肯定，而協力者則遭到全盤否定。這種二分法，相當深刻地影響了文學研究者的批判立場。以新舊文學論戰（1923-24）而言，主張維護古典文學的連雅堂（1878-1936），

《台灣通史》

總是受到貶抑；主張以新文學反抗的賴和，必然獲得肯定。這種二分法，似乎是在延續日本統治者的殖民論述。具體而言，當代文學研究者傾向於肯定殖民者之否定，否定總督府之肯定。這種研究態度，隱隱約約好像與殖民體制有某種共謀（complicity）。賴和的歷史地位，自然無庸置疑，他所彰顯的抵抗精神，對戰後台灣社會仍然產生無窮的召喚。不過，對於連雅堂的評價，不能輕易以三言兩語就給予定位。

後殖民論述的應用，不僅僅在檢驗殖民時期前人的政治立場。當帝國權力滲進台灣時，其實已經擾亂了被殖民者的思維。如果仔細觀察連雅堂畢生的文化志業，當可發現他留下三部作品，包括《台灣通史》[2]、〈台灣詩乘〉[3]、《台灣語典》[4]，等於是對海島的歷史、文學、語言做了通盤的整理。面對浩浩蕩蕩的日語教育時，連雅堂為漢人文化所保留下來的成果，絕對不是抵抗一詞就可概括。一言以蔽之，後殖民論述在於進行批判式的思維，而不是做審判性的工作。國內學界的後殖民論述之應用，已經出現嚴重濫用的情況。

後殖民的後，不僅在空間上站在後面的位置，也在時間上處在稍後的階段。它意味著價值觀念的差異，也意味著文化意義的多元。後，當然是代表著後知之明，也彰顯著後事之師。因為站在一個更超越的角度，容許後人清楚觀察，並產生洞見。在從事歷史反省時，可能需要具備共感（compassion），設想自己處在同樣的歷史情境，也設想自己承受同樣的權力支配。多一點同情，少一點絕情；多一點理性，少一點濫情，或許是實踐後殖民論述的基本態度。

2 連橫，《台灣通史》（台北：台灣通史社，一九二〇）。
3 連橫，〈台灣詩乘〉，《台灣通史》（台北：台灣通史社，一九二一）。
4 連橫，《台灣語典》（台北：台灣銀行經濟研究室，一九六三）。

第十一章 後現代與後殖民的「去中心」

後殖民論述，不僅在於探討帝國與殖民地之間的矛盾關係，也在於探討晚期資本主義時期後進國家的經濟宿命。一九四五年，二次大戰結束，帝國對殖民地的支配應該告一個段落。但事實證明，所有宣告政治獨立的前殖民地，即使在建立自己的國家之後，在經濟上仍然必須依賴過去的殖民母國。這種情況，在一九六〇年代跨國公司（multinational enterprise）崛起之後，被支配的命運更加無法擺脫。全球化（globalization）的浪潮，侵襲全世界的每一個海岸，幾乎沒有一個國家能夠抵擋。今天我們所說的全球化，也就是詹明信所定義的晚期資本主義。

依照詹明信的解釋，自西方工業革命以降，資本主義基本上經歷三個階段，亦即國家資本主義（state capitalism, 1840-1890）、壟斷資本主義（monopolized capitalism, 1890-1960）、晚期資本主義（late capitalism, 1960-）。作為左派的文學研究者，詹明信引述馬克思主義的理論，來詮釋資本主義發展與藝術美學之間的關係。在馬克思主義裡，每一個社會可以分成上層建築（或譯上層結構，suprastructure）與下層建築（或譯下層結構，infrastructure）。上層建築指的是政治制度、文化思想、藝術美學，下層建築指的是經濟生產力與生產方式。馬克思認為只有在生產方式與生產結構改變時，整個社會性質才會跟著改變。他指出，只有在一定的生產方式與生產工具終結時，人類歷史才會進入另外一種生產階段，從而政治結構與文化性格也隨之發生巨大變化。舉例而言，歐洲的封建制度之所以能夠存在，就在於依賴農耕生產。農業經濟持續存在一天，封建制度也就隨著延長一天。必須是發生工業革命以後，手工經濟逐漸被工業經濟取代時，整個社會才脫離封建制度的掌控，而邁向現代都會生活。

在國家資本主義時期，各國的資本家在其國內進行本國工人的剝削與掠奪。具體而言，英國資產階級剝削英國無產階級，法國資產階級剝削法國無產階級。在這種不公平的經濟制度下，當時的作家活生生看見人壓迫人的事實，因此產生了十九世紀末期以降的寫實主義傳統。寫實主義的美學在於揭露社會的黑暗面，也在於批判資本家的殘酷無情。當國家資本主義開始發生危機以後，為了解決物資與工資的上漲問題，資本主義國家開始向殖民地侵略，人類歷史從此而改觀，資本家開始欺負剝削國外的工人。透過殖民地統治，西方資本主義國家在經濟上獲得了相當穩定的基礎，在都市裡的中產階級也因此獲得穩定的生活。中產階級所產生的作家，開始批判枯燥的現代都會生活，也開始把他們內在的壓抑挖掘出來，終於形成現代主義運動。所謂現代主義，其實是作家對現代生活的批判與不滿。殖民地的取得，反而使現代主義獲得長足的發展空間。第二次世界大戰結束後，西方所有的帝國，如果不是慘勝，便是慘敗。當德國、法國、英國、義大利失去帝國的優勢時，殖民地紛紛宣告獨立。大戰之後，一個新的帝國於焉宣告誕生，那就是美利堅合眾國。縱然在戰爭中也付出相當大的代價，但是美國本土仍然保持豐沛的元氣。當西歐大國紛紛沒落時，美國適時應運而生，正式形成新的經濟霸權。當資本主義開始面臨悲觀的前景時，美國找到一個新的資本主義出路。那就是跨國公司的經濟策略，資本主義擴張不再是軍事出擊，也不再是經營殖民地，而是直接派遣企業經理在第三世界成立公司。跨國公司的到來，意味著資本主義又獲得新的生命活力。在殖民地時期，帝國必須在第三世界負起經營管理的責任。不僅要投資進行開發，還要維持各種教育制度、治安秩序的發展。那種成本代價，極為沉重。不僅如此，還要不斷遭受殖民地的反抗與批判，必要時還得派兵鎮壓。

這種高成本的殖民地統治，已經不符合資本主義的文化邏輯。跨國公司的發明，使得資本主義擴張付出的代價相當低，而且不會遇到任何抵抗，反而讓第三世界人民張開雙手歡迎。因為跨國公司不僅帶來更多就業機會，也帶來當地的經濟繁榮，它所生產的品牌又受到熱烈歡迎。這種經濟擴張，詹明信稱之為晚期資本主義。它不再是對特定的地區發展，而是朝向全球積極擴張。晚期資本主義的文化特徵，便是消費文化大大提升。階級與階級之間的界線逐漸模糊，所有的商品不再由一個國家來承擔，而是由多個國家的分工拼湊而成。因此一種新的美學也隨著浮現，這就是後現代主義（postmodernism）。在晚期資本主義時期，所有的商品不再受到國家疆界的限制，即使是最反對資本主義的共產國家，如中國、俄國、東歐，都紛紛開放國門，容許商品如浪潮湧入。商品取代了軍事力量，消費取代了抵抗精神，所有的文化中心論也因此而受到拆解。

後現代主義的主要精神是「去中心」或「抵中心」（de-centering），這種批判精神，似乎與後殖民論述的「去中心」糾纏不清。這是一個非常嚴肅的議題，不能不分辨清楚。西方後現代主義的去中心，目標是針對啟蒙運動以降所構築起來的現代性主體。所謂啟蒙運動（Enlightenment），是指人類理性（reason）的覺醒。在過去皇權與教權統治的時代，人類的知識不得不依賴宗教或者巫術。從文藝復興到啟蒙運動，人類的理性不斷抬頭，也不斷受到尊崇。近代知識也因此由西歐資本主義國家建立起來。從航海技術到天文知識，從民主憲政到政治經濟理論，構成了西方現代性的主要內容。但是這些知識的建立，並不意味等同於整個西方文明的價值觀念，它其實是由特定的階級與人種所構成。所謂近代知識，其實是由占據主流地位的歐洲白人、男性、資本家所建構起來。它代表著白人中心論、男性中心論、資本家中心論；這種傲慢的知識，支配西方社會長達兩百年以上。後現代主義的到來，其實在一定程度上對於壟斷已久的知識價值感到不滿。一九六八年的巴黎學潮，正是針對知識啟蒙以來這樣的中心論表達最大的憤怒。所謂去中心，其實就是對特定種族、性別、階級所形塑的價值觀念進行抗拒並抵制。

這次龐大學生運動的組成，是因為他們清楚意識到一個歷史事實：經過兩次世界大戰之後，西方現代性並不能使他們免於戰爭的災難與恐懼。恰恰相反，現代知識製造了大屠殺與大苦難，整個西方文明完全毀於他們親手所創造出來的科技。戰後出生的世代，厭惡那種因循不變的思維方式，更厭惡那種無法掙脫的歷史循環。巴黎學潮代表西方社會內部的一次徹底反省，但是從文化角度來看，那是後現代主義與後結構思潮的重大覺醒。對於現代性的批判，始於第一次大戰之後，必須要到一九六〇年代才宣告成熟。年輕一代對於耳熟能詳的道德口號，例如公平與正義，已經感到相當不耐。對於舊有價值的重新詮釋、重新定義，正是後現代主義的重要任務。批判理論、女性主義、新歷史主義、新左派理論、後殖民理論，在這段時期紛紛誕生，無疑都是對西方現代性抱持高度批判的態度。他們企圖解構文化霸權的主體，讓居於合法性地位已久的價值觀念獲得翻轉。

後殖民理論，固然是在西方的學術市場孕育而生，卻對第三世界知識分子的思考產生極大衝擊。薩依德的《東方主義》，顯然是藉由帝國文化傳播的網絡，釋放其強大影響力於殖民地的知識分子。對於殖民地人民而言，他們不可能像第一世界知識分子那樣，汲汲於解構自身的文化主體。相反的，他們異常焦慮想要重建自己的文化主體。恰恰就在這點上，解構主體與重建主體的不同，正好區隔了後現代主義與後殖民理論的界線。殖民地知識分子當然要努力獻身於「去中心」，他們所要抵禦的是來自帝國的殖民權力支配。對於他們喪失已久的歷史記憶與文化傳統，只能從支離破碎的廢墟殘餘中，一點一滴慢慢累積而再次拼湊起來。

第三世界的知識分子，不可能有本錢像巴黎學潮那樣奢侈，要把啟蒙運動以來的偏頗文化霸權完全解構。西方帝國與被殖民者的歷史進程，顯然是全然兩樣的文化經驗。亞洲、非洲、拉丁美洲的殖民歷史，從來沒有經過文藝復興與啟蒙運動，當然也沒有嘗到資本主義、科技發明與民主憲政的滋味。在身體與心靈上也不曾體會到現代性的真正意義，他們只是在強大的軍事征服過程中，被迫見證了帝國權力與文明的巍然氣象。當帝國奢言正義與公理之際，他們只是被當做犧牲的祭品。因此，當後現代主義者宣稱要取消正義與公理的虛偽價值時，殖民地知識分子簡直無法接受，因為終其一生他們從未享有公平正義的待遇。後殖民論者，面對這樣不平衡的歷史經驗，不可能輕言解構主體。他們一方面從事對西方帝國文明的批判，一方面也努力重建自己的文化信心。

「去中心」的思維，同時出現在後現代主義與後殖民論述裡，但雙方的思考理路卻截然不同。啟蒙運動以降，西方社會對理性的尊崇，已經到達無上的至高境界。這樣的理性，確實造成西方文明的崛起，特別是西歐的資本主義國家，在短短百餘年內就躍升成為帝國，並且進一步到海外攻城掠地，發展出無遠弗屆的殖民地版圖。但是，理性本身早已挾帶太多的文化偏見，其支配力量已經超過上帝的地位。對於女性、同志的歧視，對於農民工人的剝削，對於有色人種的排斥，都已經深深置入現代知識論的結構裡。這些合法性的知識，充斥太多的傲慢與偏見。後現代主義所提倡的去中心，其實就是針對這種為特定階層服務的知識進行批判。所謂解構主義，就是要解除存在已久的偏頗文化主體。

後殖民論述，也是針對西方帝國豔稱的現代知識所進行的抵抗。在侵略過程中，帝國憑恃的是強大武力。但是支撐這種武力的知識基礎，恰好也就是啟蒙運動以降所追求的現代性。第三世界所要抗拒的是殖民者對本地文化的蔑視，也要抗拒挾帶而來的權力支配。他們沒有能力去解構西方的現代知識，但至少有能力重新建構失憶已久的本地文化傳統。重建記憶，重建信心，正是朝向主體再建構的第一步。

第十二章

殖民・再殖民・後殖民

西方後殖民理論的侷限

台灣文學史的書寫，是一件非常後殖民的工作。如果在日據時代執筆的話，歷史記憶的重建，等於是對殖民權力的抗拒。當台灣總督府凌駕海島之上，所有本地的文學與歷史書寫都受到殖民者的敵視。黃得時在一九四三年撰寫〈台灣文學史序說〉，從文化抵抗的角度來考察，是相當尖銳的反殖民書寫。在那個時代，有關台灣本地的歷史記憶，得不到當權者的寬容。因此，一旦他決定書寫時，批判的力道便已隱藏其中。

以同樣的角度觀察葉石濤的《台灣文學史綱》，可以在字裡行間聞嗅到濃烈的抗議氣味。這本文學史出版於一九八七年二月，戒嚴體制尚未解除，如果視之為威權時代記憶重建的典型，亦是恰如其分。長達三十八年的戒嚴體制，未曾容許台灣文學與台灣歷史進入教育體制。葉石濤在官方領域之外，另闢一條歷史脈絡，顯然有其深沉的微言大義。對言論的箝制，思想的檢查，文字的查禁，正好彰顯一個事實：日本殖民統治與戰後威權體制，在精神上頗有同條共貫之處。細察《台灣文學史綱》，蘊藏著左翼歷史思維，無疑是對戰前戰後的資本主義結構提出強烈的控訴。

《台灣新文學史》（聯經出版提供）

我在二〇一一年完成《台灣新文學史》時，台灣社會已經進入成熟的民主政治階段。殖民時期與戒嚴時代的權力結構，都已經成為歷史的灰燼。思想已經鬆綁，言論獲得自由，歷史撰寫權與解釋權終於回歸到民間社會手中。撰寫這本文學史的過程中，無須擔心受到官方干涉。開放年代的歷史書寫，完全可以依照個人的自由意志，而且也可以遵循個人的史觀來詮釋。在一定的意義上，這本文學史精確反映著，台灣社會到達一個毫無政治禁忌的時期。

把前述三本文學史並置互觀，便立即發現百年來的台灣歷史正好經歷三個階段：殖民時期、戒嚴時期、民主時期。但如果進一步考察每個時期的權力結構，當可察覺其間具有千絲萬縷的糾葛。梳理這種犬牙交錯的歷史脈絡，似乎可以定義為殖民時期、再殖民時期、後殖民時期。有關這樣的歷史分期，曾經引起國內學界的討論，也因而衍生出陳映真的挑戰。發生於二〇〇一至二〇〇三年的所謂「雙陳大戰」，遺留下來的硝煙，至今還是徘徊不去。但有一個事實已經非常明白，我的史觀已經寫成一部文學史，而陳映真的史觀可能還等待付諸實踐。

殖民、再殖民、後殖民的三段論法，也許不符西方學界後殖民論述的規格。不過，台灣歷史的發展過程，從來就沒有納入東方主義的論述範圍。薩依德討論東方殖民社會時，僅集中於阿拉伯與印度，完全沒有觸及東亞的殖民擴張。每個社會的歷史進程，並沒有像馬克思主義所定義那樣，必須按照歷史規律發展。在西方成立的理論，不必然就能夠套用在東方社會。觀察各國的歷史發展，都有其特殊性與偶然性，絕對不可能借用西方的知識論，就可使東方的歷史解釋成立。台灣歷史的困難，就在於它位於西方知識界的視野之外。十九世紀的馬克思主義，二十世紀的東方主義，都無法準確掌握台灣歷史的脈動。

台灣應有自己的後殖民論述

《台灣新文學史》出版時，曾經受到不同程度的批評。作家隱地（1937-）指出，這本歷史前半部是綠色，後半部是藍色。宋澤萊（1952-）說，前半部是悲劇，後半部是喜劇。這樣的評語，稍稍觸及了台灣歷史的特質。因為在殖民時代與戒嚴時代，所謂本土，受到高度權力的壓制。因此，在營造歷史解釋之際，不免要為遭到權力控制的本土進行辯護。而這樣的辯護，多多少少沾染了一些悲情。這是為什麼會有「綠色」或「悲劇」的評語。進入一九八〇年代之後，民主政治運動次第展開，曾經受到箝制的價值觀念與美學原則也獲得釋放。本土的內容，不再是悲情的同義詞，也不再是在地族群的代名詞。因為本土精神已經擴大，凡是在島上創造出來的文學作品，無論漢人或原住民，無論男性或女性，無論本省或外省，都是構成本土無可分割的一環。從這個角度來看，就不是以藍綠色或悲喜劇可簡單概括。

從一九四九年戒嚴開始，到一九八七年解嚴為止，這三十八年的過程中，台灣的政治、經濟、社會、文化都掌控在一黨獨大的體制下。龐大權力對台灣各個層面的干涉，在一定程度上都是日本殖民統治的翻版。在經濟上，比日本統治還嚴重的一面是除了國營事業之外，還有黨營事業。除此之外，為了強化威權體制的鞏固，幾乎動用了所有檢查、監視、逮捕之能事。整個社會都屈服於民族主義、領袖崇拜、警察權力、黨國思想的控制之下。在那段期間，社會主義與自由主義的兩股思潮都受到打壓。其中凡涉及左翼運動的成員，都遭到逮捕、審判、處決。這種手段與日本極右派的法西斯政權，毫無二致。在討論戒嚴時期的文學生產與文化生態時，都不能不考慮到這種近乎殖民統治的的政治特質。

在雙陳大戰的辯論裡，陳映真曾經指出，如果這段時間是殖民統治的話，為什麼許多外省老兵也同樣遭到歧視與迫害？檢驗西方殖民統治的歷史，我們可以發現，在帝國最旺盛時期，有多少無產階級被驅使，遠赴非洲與印度的戰場。有多少英國的士兵也被遺留在殖民地浮沉漂流。殖民統治者只會照顧到自己的權力與利益，在進行族群壓迫的同時，階級壓迫與性別壓迫也同樣鮮明地存在。

以「再殖民」來概括戒嚴時期，絕對不是在挑起省籍仇恨，也絕對不是為所謂的本土意識服役，而是為了更清楚理解台灣社會發展的軌跡。歷史事實顯示，一九七〇年代國民黨在蔣經國（1910-1988）的領導下，已經意識到這種偏頗的、近似殖民的統治，不可能帶來長治久安。資本主義的文化邏輯，不可能容許整個社會進入發達階段之際，只有黨國與資產階級享有政治權力；而中產階級與無產階級出賣他們的智慧與勞力，換取整個社會的經濟發展，卻得不到政治上的發言權。

面對台灣在國際社會的日益孤立，蔣經國開始意識到必須使黨國機器與台灣社會結合起來。當他提出本土化政策時，已意味著威權體制漸漸出現鬆動的徵兆。容許更多本地青年才俊進入黨國機器，容許本地人才通過增補額選舉開創參政機會，顯然使由上而下的政治結構產生了缺口。蔣經國的用意，不純然是為了本土化，而是為了挽救國民黨統治的危機。但客觀歷史的發展，從來不是當權者的主觀意志所能左右。當本地思維次第滲透封閉的威權體制，歷史已經開始改寫。正是有國民黨當權者帶來這樣的契機，才刺激了台灣社會的黨外民主運動與鄉土文學運動。戰後台灣社會第一次見證，上層結構與下層結構都同時在競逐本土化的資源。一九七七年的鄉土文學論戰，以及一九七九年的美麗島事件，顯示了上下對決的必然結果。

伴隨著資本主義的高度發達，尤其是一九七〇年加工出口區與一九八〇年新竹科學園區的設立，台灣社會篤定形成一個龐大而有力的中產階級。這個階級突破了族群界線，也突破了性別區隔，並且也進一步塑造前所未有的台灣意識。以這個共同認同為基礎，台灣民主運動終於造成一股沛然莫之能禦的力量，終而挑戰黨國意識與威權統治。

一九八六年民主進步黨的成立，一九八七年的宣布解嚴，印證了和平演變在台灣的開花結果。

再殖民的歷史階段於焉告終，後殖民的民主階段也緊接著展開。對於《台灣新文學史》的三段論法，曾經遭到學界的質疑，如果戰後歷史出現了再殖民政權，為什麼沒有看見再殖民的終結？答案非常清楚，偏頗的黨國體制已然消融在怒濤洶湧的民主運動浪潮。因為是屬於和平演變，所以在歷史轉折延續的過程中，並沒有出現第三世界殖民地暴動、政變、革命的種種現象。國民黨從一個以中原為取向的政權，轉化成台灣的本土政權，完全改寫了過去所有的歷史記憶。從荷蘭、明鄭、滿清，到日本殖民政權，從來都是把台灣視為資源掠奪的土地，政治中心與經濟中心都處在遙遠的母國領土上。國民黨政權是唯一的例外，最初把台灣視為反攻大陸的跳板，他們靈魂裡的首都仍然還是南京。在和平演變的衝擊之下，國民黨終於把自己改造成為本土政權，中華民國政府的首都就在台北。

這種歷史的特例，顯然不是西方後殖民論述所能涵蓋。即使就民主化運動而言，台灣的案例也不能用日本模式或者韓國模式來解釋。台灣歷史有一定的內在邏輯，不是套用西方的學術理論就可成立。台灣是西方後殖民理論的例外，也是西方馬克思主義的例外。要解釋台灣，只能從台灣內部的政治、經濟、社會、文化脈絡切入。

後殖民立場・後結構思考

從日據殖民時代到戰後威權時代，台灣社會的知識建構完全掌握在當權者手中。即使是關於海島的在地記憶，都必須透過反抗運動而表達出來。因此，整個歷史解釋權是以權力在握者的意志為依歸。殖民與再殖民的歷史階段，知識論的建構無法涵蓋台灣社會的生命力，也無法完整表達台灣文化的心情與表情。凡是不符合皇國或黨國的意識形態，所有的知識都無法獲得合法性。反對左派思想，反對在地思想，正是殖民與再殖民統治的主要特徵。戰後的台灣史研究，是在權力縫隙中求取生存，而且是以中國地方史的角度看待台灣歷史記憶。

一九七〇年代，黨外民主運動與鄉土文學運動的雙軌發展，同時也帶動了歷史記憶的重建。黨外雜誌如《夏潮》、《八十年代》、《台灣政論》，零星展開史料的搜集與挖

《殖民地台灣》

《左翼台灣》

《謝雪紅評傳》

掘。即使成果相當有限，已足夠讓戰後知識分子窺見日據時期文學與歷史的豐富。在那段時期，讀書市場可以發現兩本著作，一是葉榮鐘（1900-1978）撰寫的《台灣民族運動史》[1]，一是陳少廷（1932-2012）撰寫的《台灣新文學運動簡史》[2]。縱然是格局有限，卻已經對戰後世代產生無窮的召喚。進入解嚴時代之後，歷史造像運動蔚為風氣。張炎憲（1947-2014）等人主編的《台灣近代名人誌》[3]，使許多被遺忘的政治與文化運動者次第出土。有關左翼歷史記憶的探索，書寫風氣也蓬勃發展。陳芳明撰寫的《謝雪紅評傳》[4]、《左翼台灣》[5]、《殖民地台灣》[6]，以及藍博洲（1960-）撰寫的《幌馬車之歌》[7]、《沉屍・流亡・二二八》[8]，都使沉埋已久的台灣共產黨運動記憶，再度破土而出，重見天日。這些書籍的出版，當然是針對極右的日本殖民

《沉屍・流亡・二二八》（時報出版提供）

《幌馬車之歌》（時報出版提供）

統治與戰後戒嚴統治，提出嚴厲批判。

歷史造像運動的恢復，無疑整頓了台灣百年來偏頗的知識論。在殖民地社會，知識的探究與建構完全是在伸張當權者片面的權力支配。對於在地既有的思維方式、價值觀念與歷史傳統，長期予以壓制、扭曲、禁止。在這種緊張的文化結構裡，凡是重建在地記憶的任何努力，其實都具有強烈反殖民的批判精神。伴隨著歷史記憶的恢復，台灣文壇也展開文學

1 葉榮鐘，《台灣民族運動史》（葉榮鐘全集），（台中：晨星，二〇〇〇）。
2 陳少廷，《台灣新文學運動簡史》（台北：聯經，一九七七）。
3 張炎憲、李筱峰、莊永明編，《台灣近代名人誌》（台北：自立晚報社文化出版部，一九八七）。
4 陳芳明，《謝雪紅評傳》（台北：麥田，二〇〇九）。
5 陳芳明，《左翼台灣》（台北：麥田，二〇〇七）。
6 陳芳明，《殖民地台灣》（台北：麥田，二〇〇六）。
7 藍博洲，《幌馬車之歌》（增訂版），（台北：時報，二〇〇四）。
8 藍博洲，《沉屍・流亡・二二八》（台北：時報，一九九一）。

《濁流三部曲（一）：濁流》（遠景出版提供）

《濁流三部曲（二）：江山萬里》（遠景出版提供）

《濁流三部曲（三）：流雲》（遠景出版提供）

史料蒐集與歷史小說創作。一九七九年，鍾肇政與葉石濤主編前後十二冊的《光復前台灣文學全集》，李南衡主編《日據下台灣新文學》。前者是日文翻譯，後者是漢文書寫，使殖民時代許多陌生作者的名字終於撥雲見日。

九〇年代鍾肇政歷史小說的全面整理，包括《濁流三部曲》[9][10][11]、《台灣人三部曲》[12][13][14]與《怒濤》[15]的問世，同時有東方白的《浪淘沙》[16]，都不約而同建構抗日運動到二二八事件的歷史想像。不僅如此，前衛出版社邀請鍾肇政與葉石濤主編《台灣作家全集》，前後共五十冊，等於是把戰前到戰後的作家完整結合起來。當史料齊備時，也就是台灣文學研究啟程之際。歷史知識的建構，不僅是一種再解釋，也是一種再創造。台灣不再是日本帝國南進政策的擴張據點，也不再是國民黨反攻大陸的跳板。開始建立自己的歷史視野之後，台灣文化主體從而也建立起來。

台灣戒嚴體制，如果可以視為再殖民階段，它的結束是以具有全民意志的民主手段來解除。藉由和平演變的民主運動，來開啟全新的歷史時期，正好隱含一個非常強烈的文化暗示。確切而言，進入後殖民時期，在處理歷史問題之際，也必須使用和平民主的方式來看待。報復式的、仇恨式的手段，並非在解決問題，而是創造更多的問題。

所謂後殖民的立場，是一種開放的態度，也是一種批判性的接受。在戒嚴時期，凡是價值觀念或美學原則，有助於台灣文化的累積與創造，則應該在解嚴後持續進行有機

9 鍾肇政，《濁流三部曲（一）濁流》（新北市：遠景，二〇〇五）。
10 鍾肇政，《濁流三部曲（二）江山萬里》（新北市：遠景，二〇〇五）。
11 鍾肇政，《濁流三部曲（三）流雲》（新北市：遠景，二〇〇五）。
12 鍾肇政，《台灣人三部曲：沉淪》（新北市：遠景，二〇〇五）。
13 鍾肇政，《台灣人三部曲：滄溟行》（新北市：遠景，二〇〇五）。
14 鍾肇政，《台灣人三部曲：插天山之歌》（新北市：遠景，二〇〇五）。
15 鍾肇政，《怒濤》（台北：前衛，一九九三）。
16 東方白，《浪淘沙》（台北：前衛，一九九〇）。

《臺灣人三部曲：沉淪》（遠景出版提供）

《臺灣人三部曲：插天山之歌》（遠景出版提供）

《臺灣人三部曲：滄溟行》（遠景出版提供）

的繼承與評估。因此，在整理歷史記憶時，不能只是片面強調在地的受難經驗，而應該把戰後來台的外省族群記憶，同樣納入台灣文化的主體結構裡。具體而言，進入後殖民時期，一個新的主體內容已經在形塑之中。異質的文化元素，都朝向共同的身分與認同來建構。這是一個新的生命共同體，卻是由不同的文化記憶與思維方式建構起來。在民主生活的規範下，族群、性別、階級的差異性都必須獲得尊重。後殖民立場與後結構思考，因此而得到合法的基礎。

第十三章

文化認同與民族主義

民族主義在台灣

二十世紀台灣社會出現三種民族主義，首先是大和民族主義，其次是中華民族主義，現階段是台灣民族主義。這三種國族認同的變化，是依照政權的更迭而轉移。前面兩種民族主義是由上而下的權力支配，通過中央集權、教育體制、文化宣傳的長期薰陶，強勢加諸在島上人民身上。以國家權力強迫人民接受特定的政治認同，其實不能夠與近代民族主義等同起來。日本殖民時期，通過台灣總督府的高壓手段，迫使島上住民承受日語教育，並且壓制台灣原住民與閩粵移民的固有語言。一九四五年中華民國政府來台接收時，繼承台灣總督府遺留下來的體制，持續剝奪島上住民的母語權。一九四九年，國共內戰失利後，更進一步推行戒嚴令，建立了前所未有的威權體制，使得既有的語言文化傳統遭到高度的監禁。因此，伴隨權力而來的大和民族主義與中華民族主義，並沒有得到人民心悅誠服的歡迎，反而帶來日後無窮盡的苦惱與衝突。

在後殖民論述裡，民族主義是一個終極關懷，牽動著所有被壓迫人民的感情與價值觀念。它涉及了歷史記憶與生活方式，也關係到國族認同與移民遷徙。一九四五年第二次世界大戰結束時，亞洲、非洲、拉丁美洲的殖民地，先後宣告獨立。在一定程度上，殖民統治間接助長了後來的民族主義。帝國主義者為了方便統治，依照不同的語言範圍，圈出一定的國家界線。例如，非洲國家或中南半島的國家，都是在殖民地時期畫出疆界，使用同樣語言的被殖民者，開始在固定的領土上相互認同。當帝國崩解時，所有的前殖民地便在特定的疆界裡宣告獨立。但是殖民地的獨立，並不意味著歷史記憶與文化傳統就可獲得重建。在亞非拉三洲，都可以看到殖民地獨立後，持續依賴前宗主國。不僅如此，國內的政治運動者，也因為處理歷史問題而產生分歧與鬥爭。

相形之下，日本帝國投降後，台灣面臨的問題顯然特別複雜。國民政府展開接收時，似乎無法理解島上住民居然百分之八十以上使用日語。這種語言上的隔閡，直接間接造成接收人員與本地住民的許多衝突。再加上強勢的國語政策，以及隨之而來的二二八事件，反而使雙方的鴻溝日益加深。龍瑛宗（1911-1999）在一九四六年發表一篇〈台北的表情〉，非常鮮明地彰顯台灣住民心情的黯淡。一九四七年二月，呂赫若發表一篇小說〈冬夜〉，已經強烈透露他對國民政府的厭惡。這些文學作品，已經劃分出本省人與外省人之間的誤解與嫌隙。國民政府把台灣人的殖民地經驗簡化成為所謂的「奴化教育」，相當傷害島上住民的感情。

確切而言，雙軌的歷史記憶已經同時出現在戰後台灣。戰爭結束後，中華民族主義基本上已經宣告成熟。在仇日抗日的情緒下，使得傳統的文化主義轉化為中華民族主義。當中華民族主義逐步往前進展時，台灣住民不僅是缺席，而且還是生活在日本大和民族主義的籠罩之下。這種不同節奏的歷史過程，使戰後台灣知識分子陷入兩難的困境。他們熟悉日本語言，從而也藉此接觸了西方進步的近代文化。當他們原有的知識訓練全盤遭到中華主義者的否定時，他們心情之挫折，幾乎可以想像。

歷經二二八事件的台灣住民，常常被指控他們過於懷念日本的統治。這個問題可以分成兩個層次來看，對前朝的懷念與認同是中國歷代興亡之際普遍發生的現象，元朝滅亡後，明朝開國文人懷念過蒙古統治的時期；明朝覆滅後，清朝初期的文人，也對舊朝產生強烈的懷念；清朝被推翻後，民國初期的文人對滿人統治有著極為深刻的懷舊病。其中的文化關鍵，恐怕是他們對既有的儒學傳統的深刻認同。以同樣的脈絡來觀察日本投降後台灣知識分子的心情與思想，也有急劇的轉折。台灣人痛恨殖民統治是不可否認的事實，一九四五年他們熱切歡迎國民政府的來台接收，正是抗日精神的延伸與彰顯。

但是經過二二八事件的動亂與清鄉，多少對日本殖民統治有相當程度的懷念。究其原因，恐怕不是一廂情願期待殖民體制的恢復，而是對法治思想與社會秩序的高度肯定。具體而言，現代性的價值觀念已經深植台灣住民的內心，從而對戰後初期政治經濟的混亂懷有強烈的痛恨。如果以這樣的事實來指控台灣住民樂於接受皇民化或殖民化，就太過於背離歷史事實。

從法農的殖民地反省出發

法農（Frantz Fanon, 1925-1961）的《黑皮膚・白面具》（*Peau Noire, Masques Blancs*）[1]，可以視為薩依德後殖民理論的前史。他是被法國殖民統治所教育出來的知識分子，從小就立志要到巴黎讀書，因而努力上進，甚至可以說非常流利的法語。如果閉上眼睛聽他講話，簡直與純正的法國人沒有兩樣。他在書裡說過，好像法語說

---

[1] Frantz Fanon著。陳瑞樺譯。《黑皮膚・白面具》（修訂版）（*Peau Noire, Masques Blancs*）（台北：心靈工坊，二〇〇七）。

《黑皮膚·白面具》（心靈工坊出版提供）

得標準一點，皮膚就會白一點。這種向殖民者認同的脾性，正是被殖民者失去主體性的鐵證。當他離開殖民地，前往巴黎讀書時，已經是一個頗有教養的知識分子。當他成為法國上流社會的一份子時，彷彿已經脫離了落後的被殖民階層。有一天，他走過巴黎街頭，被一個法國小孩指認說他是「黑鬼」時，他長期建構起來的上流身分，立即宣告崩解。就像他在書中所說，所有的文化與價值觀念，都可以透過模仿學習而獲致，但是只有皮膚是不能漂白的。操用殖民者語言，只不過是一副面具而已，黑色皮膚與體內血液才是文化的真正根源。

殖民者的統治可以成功，必須要由被殖民者來配合。失去反抗與批判的能力，等於放棄做人的權利。日本統治台灣五十年，首先遭到的是台灣農民的反抗，然後是一九二〇年代以後的政治運動反抗，進入三〇年代之後，文學的批判精神又繼續延伸。一九四〇年代戰爭期間的皇民化運動，知識分子在心靈與身體上受到綁架，而只能以委婉含蓄的方式隱約抵抗戰爭體制。否則，整個殖民地時期，台灣住民未嘗一日是心甘情願接受殖民權力的支配。這樣的歷史事實，正好區隔了《黑皮膚．白面具》所描述的屈服現象。

法農承認，站在白人之前，黑人確實是積極投入自我的人格改造。就像他在書裡所說：「一個被殖民被教化的社會裡，所有的本體論都無法實現。」黑人存在的定義，完全是通過白人千絲萬縷的傳說與敘述而形成，這說明了為什麼黑人的自卑感特別強烈。如果他們不接受教化，就只剩下野蠻、凶悍的形容詞。或者更精確來說，在白人世界裡，黑人只看到白色的文化，黑色皮膚與語言是完全不存在的。當黑人企圖遺忘黑色的自己時，白人並不遺忘。因為黑人存在的理由，就在於證明白人是多麼優越。法農在書中更直接指出，在白人眼中，黑人只是一支「陰莖」，只具有生物性的意義。一位黑人被讚美體格強壯時，指的是他的性能力，黑人成為白色女人的性幻想，卻是白色男性復仇的對象。這不僅是文化歧視，而且是極其明白的種族歧視。

從類似的文化思維來看，日本人看待台灣人時，就是落後、野蠻、沒有文明的人種。有少數台灣知識分子也企圖改變自己的人格，夢想有一天可以與日本人平起平坐。

這些事實，可以從三〇年代台灣作家的小說清楚看見。例如，陳虛谷（1896-1965）的〈榮歸〉，蔡秋桐（1900-1984）的〈興兄〉，朱點人（1903-1951）的〈脫穎〉，龍瑛宗的〈植有木瓜樹的小鎮〉，都點點滴滴拼貼出知識分子心理底層的願望。這些小說都是以嘲弄、反諷、詼諧的語言來描述，正好反映了台灣新文學作家的批判能力。想要漂色皮膚的台灣人，確實大有人在，但不能等同殖民地社會的真貌。

從一九二〇年代的政治運動，到一九三〇年代的文學運動，相當輝煌地勾勒出知識分子的抵抗姿態。如果把這兩種近代知識分子的反抗運動，與殖民初期的農民武裝運動連結起來，一條鮮明的歷史軌跡便清楚畫出。綿延近四十年的抵抗，在台灣人與日本人之間其實已經劃清界線，而這個界線恰好是台灣意識覺醒的道路。台灣意識，精確地說，應該就是台灣民族主義的雛形。透過初期的武力具體行動，以及稍後文學運動的書寫策略，都指向一個事實，殖民地的台灣住民已經知道如何自我定義。他們不是依照日本人的形象來創造自己，而是根據自己的意願去追求現代性，並追求歷史的重塑與改寫。

無可否認，戰後台灣人經過悲劇事件的受害之後，有些人情不自禁會懷念日本，但他們所懷念的，恐怕不是殖民統治，而是他們曾經追求過的現代性。這種現代性，當然與明治維新以後的日本社會有某種程度的重疊之處。但其內容顯然不是日本意識，實質上是台灣意識。

國族與認同的流動性

領土疆域是國族認同的基礎，但並非是人民屬於土地，而是領土屬於人民，這是最基本的主權在民的觀念。領土與疆域永遠變動不居，以現代中國的疆界為例，宋明時期，中國的領土是歷代以來最為狹小的時期。進入清朝康熙、雍正、乾隆時期，藉由東征西討的武力侵略，版圖才突然大增。否則新疆、西藏、蒙古、台灣都不可能是中國的領土。即使中華人民共和國建立之後，也容許外蒙古獨立。史實證明，中國人的概念，是隨著土地的擴張與萎縮而動態地形塑起來。中國民族主義，向來是由中央集權的強勢支配而建構起來。在五四運動之前，中國境內只有文化主義與種族主義，然而在第一次世界大戰後，作為戰勝國的中國，領土居然還要被列強瓜分，從而刺激了近代民族主義的興起。因此，所謂民族主義與文化認同，絕對不可能存在著「自古固有」的說法。換

吳爾芙

言之，民族主義沒有本質論，而完全是建構論，它是隨著政權流變與國家興衰而呈現有機的流動。

台灣意識或台灣民族主義，是從無到有的一個歷史過程。在殖民地時代，被壓迫的台灣人，通過一連串的抵抗運動而產生命運共同體的概念。反抗行動中所形成的自治運動（self-government movement），使被壓迫者之間相互認同。戰後以來，台灣意識表現在地方自治運動之上。從一九五〇、六〇年代無黨無派人士的參選，到一九七〇年代黨外民主運動的開展，以至於一九八〇年代組黨運動的成形，都可以視為現代性的包容與擴張。具體而言，台灣意識並非是封閉的，也並非是靜態的，而是動態地在不同歷史階段接納不同族群的參與並認同。伴隨著民主運動在解嚴之後的持續上升，不同的族群、階級、性別都獲得一定程度的發言權，並且也擁有參與民主改造的權利。民主價值，正是台灣島上全民的最大公約數，也是不同族群相互認同的重要基礎，這說明了台灣意識在近二十年特別高漲的原因。

解嚴前後，本土派曾經出現過基本教義的論述（fundamentalist discourse），集中於檢驗特定的意識型態、政治信仰、文化認同。這是非常後殖民的現象，究其原因，在於戰後威權時代有太多的政治受害者。尤其是有關二二八事件與白色恐怖的歷史經驗，使他們無法走出思想囚牢。在他們不平的內心，政治立場已經變成最高的審判準則，而且是生命倫理中的最高道德。甚至有人傾向於訴諸報復的手段，來對待同樣屬於本土陣營的成員。台灣意識確實是有過長期流浪的時期，一旦能夠回歸本土並獲得發言權時，反而是關起門來進行內鬥。真正健康的台灣意識論者，應該抱持相互解放的觀念，使彼此得到救贖。如果能夠抱持開放的心懷，見證民主運動的持續成長，當可發現所有族群都已經是台灣意識論者，沒有誰比誰更本土，也沒有誰比誰更愛台灣。

吳爾芙（Virginia Woolf, 1882-1941）曾經在《三枚金幣》（*Three Guineas*）[2]中提到：「身為女人，我沒有國家；身為女人，我不需要國家。身為女人，我的國家就是全

---

2 Virginia Woolf, *Three Guineas* (Harvest Books, 1963).

世界。」這是早期女性主義者對於國家的基本態度。因為在她的眼中，國家就是父權體制的同義詞。但是就像女性學者尤瑪・納拉元（Uma Narayan, 1958）在《錯位文化》（*Dislocating Cultures: Identitles, Traditions, and Third-World Feminism*）[3]指出，這種疏離的態度，反而使女性在政治決策中失去發言權。曾經受到邊緣化的女性，在殖民地或威權時代，也許得不到任何發聲的位置。因此，寧可放棄國家。但是在社會獲得民主解放之後，恐怕必須翻轉抗拒的態度，而積極介入政治運動。國家權力已經不宜使用父權或本土派來解釋，不同族群、階級、性別的成員，無須停留在被放逐的歷史惡夢中。

民主政治的提升，其實也是民族國家建構的歷程。印證於台灣社會從戰前到戰後的歷史，民族主義與文化認同的發展，確實走過迂迴而崎嶇的道路。前後一百餘年的時光，使台灣社會從受難的黑暗時期逐漸轉化為受惠的明朗階段。這漫長的過程沒有經過暴動、政變、革命，而是通過漸進的民主運動。因為是和平而寧靜，形塑起來的民族主義與文化認同，完全避開了第三世界動亂的宿命。

---

[3] Uma Narayan, *Dislocating Cultures: Identitles, Traditions, and Third-World Feminism* (New York: Routledge, 1997).

第十四章

後現代與語言的轉向

後現代文化到達台灣

一九九七年，我發表了一篇論文〈後現代或後殖民：戰後台灣文學史的一個解釋〉[1]，引起國內學界的廣泛討論，也開啟了稍後與陳映真的論戰（俗稱「雙陳論戰」）。這篇論文歷史解釋的基本立場，在於強調台灣連續受到兩個威權體制的統治——亦即戰前的日本殖民支配，與戰後國民黨的戒嚴控制。從政治權力來觀察，這兩個對敵的政府，對台灣社會而言，其實是孿生的連續體。因此，後殖民論述恰好可以解釋台灣的社會與文學。這篇論文，在一定意義上，也是答覆一九八〇年代以來國內學界流行的後現代之說。

台灣在一八九五年淪為殖民地社會之後，立即就被整編到資本主義的體系裡。二十世紀資本主義歷史發展過程的每一階段，台灣都全程經歷過，而且體會得相當刻骨銘心。因此，新文學運動的萌芽到茁壯，始終都與資本主義的進程息息相關。整個殖民地時期的文學思潮，大抵是以寫實主義為主流。戰後台灣社會接受美援文化的影響，仍然還是受到資本主義的支配，在文學上則逐漸受到現代主義美學的滲透。進入一九八〇年代以後，後現代思潮伴隨著全球化浪潮引進台灣，衝擊著島上作家的美學觀念。所謂後現代文學，便在這段時間崛起。如果寫實主義是批判精神的表現，而現代主義是個人心靈的解放，那麼後現代又意味著甚麼？

從歷史觀點來看，精確地說，如果沒有資本主義的引進，就沒有日後台灣新文學運動的開展。而新文學的基本精神，則又在一定程度上抵抗著資本主義。這樣的抵抗，到晚期資本主義的階段便逐漸消失。新的美學原則，開始接受各種價值並置的觀念。所謂並置（juxtaposition），是指摒棄二元對立的陳舊思維，容許不同的思想觀念同時存在。這種並置的美學，乃是以兼容並蓄的態度取代片面批判，以對話溝通的方式取代相互對抗。全新的文學取向，非常典型地反映了後現代所強調的「跨界」，也是後結構主義所彰顯對差異性的尊重。在一定程度上，這更符合民主文化的精神。如果民主政治未曾實現於台灣，也許後現代美學在這個海島可能很難獲得植根。

當資本主義以跨國公司的形式，襲擊全世界各個角落時，生活方式與思維模式也起

1　陳芳明，〈後現代或後殖民：戰後台灣文學史的一個解釋〉，收錄於周英雄、劉紀蕙編。《書寫台灣——文學史、後殖民與後現代》（台北：麥田，二〇〇〇）。

了重大的變化。這種文化具有雙重性格，一個是消費社會的形成，一個是批判精神的建立。前者依附於高度的商品行銷之中，而跨國公司在背後推波助瀾。後者則是抗拒舊有的主流價值，凡是屬於封閉的威權體制，都無法得到中產階級的首肯。當下層的經濟結構產生劇烈變化時，上層的政治結構就不能不受到牽動。消費力量與批判精神的兩種性格，相生相剋，互有進退。其中具有的內在辯證關係，顯然需要更多解釋。

後現代文學在台灣的崛起，與席捲而來的全球化浪潮有著密切關係。所謂全球化，一言以蔽之，就是資本主義在地球各個角落的大肆侵襲。它不僅衝破全球既有的冷戰體制，也沖淡了兩岸對峙已久的內戰體制。全球化的趨勢，使共產國家不能不開啟門戶，終於造成前蘇聯陣營的全面垮台，還迫使鐵幕中國必須走向改革開放的道路。放眼全世界，除了古巴與北朝鮮，都被納入資本主義的遊戲規則。全球化，意味著晚期資本主義的到來，與此相應，正是所謂的後現代文化。

台灣從日據時代就已經整編到日本資本主義的系統，戰後又進一步與美國資本主義接軌。二十世紀資本主義歷史過程的每一階段，台灣都經驗過。但是，權力都沒有掌握在台灣社會，現代化的主控權都操在帝國手中。進入到後現代狀況，台灣更加落入多個帝國主義的控制。在殖民現代化時期，台灣只受日本的統治。在後現代時期，所有第一世界的大國，都可以干涉台灣的經濟。凡屬商品，源源不斷從美、英、法、德、日，直接進入台灣市場。殖民總督的體制不復存在，完全由跨國公司取而代之，人民的消費品味也由市場經濟來決定。

台灣社會進入一九八〇年時，十大建設已經完成，新竹工業園區也正式設立。縱然在國際上陷於孤立，經濟生產力卻大量提升，不僅在亞洲躋身於四小龍，也在全球版圖上擁有電子工業的發言權。經濟的急速發展，連帶也使中產階級不斷成長擴張。中產階級的出現，確實改變了戒嚴時期的生活品味與政治思維，一方面有利於消費社會的篤定形成，一方面則協助了民主運動的加快腳步，使自由主義思想有更充裕的空間持續發展。從經濟層面來看，跨國公司進駐台灣之後，使黨國資本主義再也不能維持壟斷的優勢，終於不能不容忍民間投資者的崛起。這是戒嚴文化出現鬆動的徵兆。電腦、手機、網路的研發，進一步幫助了整個社會的資訊流通益形迅捷，使官方的生活監視與思想檢查加速失效。

什麼是後現代社會？一般說法是，當一個社會的服務業生產毛額，超過工業生產時，就已經粗具後現代的性格。也就是說金融、運輸、百貨、保險、傳播這些行業的崛起，慢慢改變工業革命以來的生活型態。首先是階級身分的界限之泯除，工人不再是落魄裝扮，老闆也不再是西裝革履。為了爭取顧客的青睞，公司上下都打扮得非常光鮮亮麗。工業園區的技術工人也是驅車上班，不再是出身於空氣汙染的貧民窟，身分跨界較諸過去還要活潑而更具彈性。當傳統的身分、階級、名聲次第瓦解之後，藝術觀念也開始有重大的調整。

美術館、歌劇院、演藝廳，再也不只是上流社會的聚會場所，而是向所有的市民階級開放。藝術家可以在街頭、車站、地下道公開展演，個人創作不再拘泥於特定的媒材，文類也無須遵守過去僵化的體例，真實與虛構之間的界線也逐漸模糊不清。當網路盛行以後，使舊有的三度空間又增加到第四度空間，更使原來的藝術創作加寬加大。現代主義時期所立下的美學典範，慢慢被後現代主義風潮翻轉並顛覆。數位化與符號化的趨勢越來越明顯，如果放在文學的範疇裡，從現代過渡到後現代的最大特徵，莫過於表現在語言上的轉向（linguistic turn）。這正是後現代文學最迷人之處，藉由符號的變形與延伸，而造成語意的跳躍與扭曲，既富有遊戲的意味，也帶著濃厚的嘲弄。因此，要理解後現代文學的巧妙，顯然有必要從現代語言學入手。

索緒爾語言學的衝擊

索緒爾，在二十世紀初期發表了《普通語言學教程》。這部重要著作，是他死後的一九一六年，由他的學生從上課筆記整理出來。沒有人會想過，這部語言學（或符號學）的出版，竟然可以對日後的人文學科造成巨大衝擊。過去的語言學，都是強調語言的歷時性秩序（diachronic order）。但是，索緒爾的語言學特別強調共時性（synchronic order）的重要。他指出，語言只能在一定的時空才能產生意義。在不同的空間，符號立即失去它的效用。就像圍棋的棋盤，可以擺出千千萬萬、變化無窮的棋譜。但所有的遊戲只能在棋盤上進行，棋子不能擺在棋盤之外，這是語言的先天限制。同樣的意義，在不同國家有不同的發音。從貓所延伸出來的故事與寓言，也大不相同。例如中文的貓，日文是ねこ（neko），英文是cat，都只能使用於各自的文化環境。離開特定的時空，便失去溝通的功用。共時性，決定了語言有效的遊戲規則。

索緒爾提出最重要的發現是，所有的語言，都是由意符（signifier）與意指（signified）兩個部分所構成。意符代表著聲音（sound）與符徵（symbol），意指則代表著意義（meaning）與概念（concept）。當我們說「紅色」，立即會聯想吉利、熱情、危險、鮮血、或甚至是共產黨，這些種種不同的意義。紅色本身沒有具體意義，完全是由人們所賦予。由此，索緒爾進一步分析，符號與意義之間的關係不是固定的，而是一種專斷的隨意性（arbitrariness）。貓之所以是貓，與動物本身沒有必然的連接。最初如果把它命名為狗，也可以成立。這種隨意的稱呼或命名，使萬物產生了辨識的差異性。符號可以說無所不在，但它並非只限於語言或文字，包括手語、音符、顏色、動作、表情、圖騰，都屬於符號。只要是符號，都是由意符與意指構成。幾乎可以說，我們都生活在一個充滿符號的世界。無論是紅綠燈，旗幟，標語，廣告，招牌，隨時都會與各種符號不期而遇。因為我們生活在同樣的時空，很自然就可接收其中所放射出來的意義。

但是，符號所指涉的具體對象（reference），往往是缺席的。當我們說貓，並不需要抱來實體的寵物。只要聽到語音或看到文字，便立即了解其中的意涵。每當說關公，就知道是出自《三國演義》；提到賈寶玉，就聯想到《紅樓夢》。但是，關公與賈寶玉只是符號而已，他們的長相如何，則會因讀者的想像而有所不同。語言學告訴我們，所有觀念都是抽象的，完全離開具體的物質或現實。索緒爾語言學帶來的衝擊是，我們過去所學的很多知識，都只有文字與文字之間的傳播。文學的奧祕就在這裡產生，讀者純粹依賴文字符號，就可掌握書中釋放出來的意義。當我們閱讀小說、散文、詩，打開書頁便面對密密麻麻的文字，想像也跟著開始展開。如果作者附上故事人物的圖片，讀者反而喪失了想像的能力。

符號（signifier），意義（signified），實物（reference），彼此沒有確切的對應關係，三者之間存在著太多縫隙。這些空缺，正好可以容許作者填補豐富的想像，也允許讀者開啟更多的想像空間。後現代文學，正是利用這樣的缺口，亦即利用符號本身的不穩定性，而開發出更多的意義。

索緒爾語言學帶來的衝擊，不只是創作方面，也使閱讀的實踐更具挑戰。過去作者、作品、讀者三者之間的位階，當以作者馬首是瞻，他彷彿是作品最後或最高的詮釋者。但是就語言學來看，作者從來都不是符號的創造者。當他開始使用文字時，所有的符號已經被許多前人作者使用過。每個符號所具備的意義，也被其他作者開發殆盡。當作者使用前人用過的符號，往往在不經意間，也把多餘的歧異意義挾帶進來。作者可能不是在主動書寫（writing），而是在前人陰影下被書寫（written）。既然作品挾帶了其他意義，作者就不可能是作品的最後詮釋者。讀者總是可以察覺作品中不慎溜入了其他的意義，他們可以看見作者之所未見。確切而言，讀者對作品的詮釋，可能比作者本人還要深入。

閱讀變得非常重要，乃是因為作者對自己作品的認識有其侷限。過去被尊崇的作品，太受作者的限制，反而窄化了文學的深邃意義。作品（work）只屬於作者，意義便不夠開放。讀者所面對的是文本（text），而文本完全由符號所構成，不受作者的壟斷。文學批評的地位開始有了重大的翻轉，讀者不再是作者的附庸，雙方可以平起平坐。或甚至批評者更勇敢提出別具風格的見解，凌駕在作者之上。作品由作者來詮釋，不免落入封閉狀態。文本由讀者來解釋，則全面開放了。事實上，作品一旦完成之後，便脫離了作者的掌中。究竟會落在誰的手上，怎樣的讀者將如何進行閱讀，再也不是作者所能過問了。

台灣社會讀書市場的形成，一方面是八〇年代之後兩大報文學獎的設立，使文學完全擺脫官方的控制，無形中提高了評審者的重要性；一方面是暢銷書排行榜風氣的建立，使作者更加期待讀書的流通率。作者慢慢放棄自己的權威地位，也開始重視批評家的解釋。傳統作者不免居於優勢的地位，認為沒有作者，哪來作品？批評家必須注意作者的眼色，甚至作者與批評家之間，構成了某種共謀的關係，為了符合黨意與官意，文學批評家的地位相當卑微。早年台灣文學批評之所以不盛，乃在於讀者的地位過於受到貶抑，而且是由官方來指導並支配。但是晚期資本主義的到來，大型書店的普遍設立，強化了讀者的品味。文學獎的評審，以及廣大讀者的胃口，都使得作者對批評家不能不表示尊重。

後現代文學在台灣的崛起，意味著全球化風潮之勢不可擋。由於戒嚴體制解除時，也正是跨國公司進駐台灣之際。兩股力量的拉扯，在一九八〇年代的文壇最為激烈。後殖民與後現代兩種面向的發展，構成了台灣文學最為精彩、最為迷人的風景。

第十五章

符號・意義・邏各斯

作者是什麼？

索緒爾對文學批評的最大貢獻，在於指出所有的文字與符號，都是先於作者而存在。在作者誕生之前，符號早已存在，而且已經被許多前行作者所使用。索緒爾指出，一個符號可以放射出多重意義。正如前述，在漢語系統裡，「紅色」就挾帶許多豐富的意涵，既可以指鮮血，也可以指玫瑰，又可以暗示熱情，也可以代表共產黨的符號。因此，一個符號受到特定作者的使用之前，早就容納了相當繁複而多重的意義。當一個作者使用「紅」這個符號時，可能是專指玫瑰的顏色，卻沒有意識到在措辭用字之際，「紅」的其他豐富意義也跟著挾帶進來。作者既然不是符號的創造者，所以很難拒絕其他過剩或多餘的意義注入作品之中。當作品完成時，文字本身自然而然就產生歧異性（ambiguity），而這正是作者所難以警覺之處。作品與批評之間，就在這裡發生斷裂。

作者既然不能預防符號的多重意義滲透進來，他就不可能是唯一的作者。畢竟，前代的無數作者，已經對某種符號開發出太多的意義了。批評家在進行閱讀時，可以看見作者所無法察覺的其他意涵。因此在進行詮釋時，往往可以超越作者的創造格局，而開出全新的解釋。這個突破點正好顛覆作者的神聖地位，批評家不必然要活在作者（author）的威權（authority）之下，而這正是結構語言學對文學批評的重大貢獻，使作者不再是作品的最後詮釋者。因為符號是鬆動的，不穩定的，充滿了縫隙與缺口，隨時可以填補新的意義。文學批評的實踐，就在於找到既有作品的歧異性，使文學的內在世界可以不斷擴充版圖、打開疆界，使文學生命不斷推陳出新。作者與評者的關係不再是穩定不變，而是具有高度的辯證關係。批評家的重要使命，就在於探索文學作品的神祕與奧祕。

過去都把作者創造出來的書寫，稱為作品（work），如今，這樣的作品已經被稱為文本（text）。所謂文本，指的是作家所創造的作品，是屬於有系統的符號；而符號，則充滿了縫隙、缺口、流動，不再是靜態、平面、固定的文字（word）。如果作者不是作品的最高詮釋者，文學批評的權力便從作者掌握中解放出來，從此文學的解釋就變得更加活潑而開放。文本中的符號，只是太多意義指涉的其中一種。而且作者永遠不能預期，他的書寫究竟會落在怎樣的讀者手上。除非他藏諸名山，否則一旦在讀書市場傳播時，文學詮釋就再也不是作者能夠隻手遮天、全盤壟斷。作品屬於作者，是封閉性的；

文本屬於讀者，是開放性的。

索緒爾的語言學，標舉了符號與意義之間並沒有內在的連結（intrinsic link）。但至少符號所指涉的對象，都是在場（presence），而不是缺席（absence）。例如，一本歷史書所記載的故事，事實就在其中。或者，哲學所建構的思維，真理就在其中。雖然索緒爾已經發現語言的結構，但是他並沒有突破長久以來的文字障。當他把文字等同於意義時，把符號視為真理時，反而更加鞏固近代知識所挾帶而來的力量。所謂近代知識，指的就是西方崛起時所建立的科學、人類學、社會學、政治學，以及包括人類活動所有的相關知識。只要是接受這樣的知識，等於是接受西方人的權力支配。這種情況，必須要等待德希達（Jacques Derrida, 1930-2004）與傅柯的學說傳播之後，才有了重大轉變。

德希達對邏各斯中心論（logocentrism）的突破

索緒爾的語言學理論，在一九六六年正式受到德希達的挑戰。他特別指出，西方文化從希臘時代以降，都相信說話（speaking）比書寫（writing）還更具有說服力。具體

盧梭

而言，演說者在場所產生的煽動力比起事後的文字閱讀還更具備高度影響。因為演說者可以利用語氣、手勢、姿態，來強化其說話內容。平面的文字，例如書籍或文件，由於作者不在場，自然而然就減低了影響力道。他舉盧梭（Jean-Jacques Rousseau, 1712-1778）的《懺悔錄》（*Confessions*）[1]為例，書中提到盧梭對一位貴族夫人的暗戀。他與夫人晚餐時，壓抑著內心無法說出的戀情。夫人離席時，剩下的食物都被盧梭吞食淨盡，彷彿藉由這樣的行為可以占有夫人。盧梭說，他事後要寫一封信來補充他說話的不足。德希達指出，文字能補充什麼？因為語言（language）與文字都是屬於符號，也都是有空缺，並不能補足什麼。

德希達認為，西方的知識論（epistemology），自希臘羅馬以降，太過於相信符號

[1] Jean-Jacques Rousseau, *Confessions* (UK: Penguin Classics, 1953).

的真實性，以為真理與事實都寄託在語言文字的傳播。他說，如果聆聽演講或說話的過程中，以為真理就在其中，這種迷信就稱為「語音中心論」（phonecentrism）。如果從文字或書籍的閱讀過程中，也相信真理就在裡面，這種對文字的迷信，就稱之為「理體中心論」（logocentrism）。換言之，西方歷史上的知識傳播，都不是看到具體的真理，而是看到語言與文字的傳播而已。德希達真正要說的是，整部西方哲學史都沒有看到道德、正義、真理的具體實踐，而只是符號與符號之間的不斷延伸。這種驚人的發現，對於西方的知識傳統無疑是一記重大的打擊。

德希達對於索緒爾的語言學，因此而做出重大突破。當索緒爾說符號等於意義時，德希達指出符號只是等於符號而已，並未產生任何意義。正如前面說過，任何一個符號都可以產生不同的意義，就像紅色放射出來的意義非常多重，除了做為鮮血、熱情、共產黨的代名詞之外，還可以解釋其他層次的暗示。例如在股市，紅色在東方意味著上漲，但是在西方則意味著下跌；同樣的，紅色在東方代表吉利，但是在西方則變成危險。但事實上，紅色本身並不具有任何文化內涵，完全是由人為的因素製造出來。正如上述延伸出來鮮血、熱情、共產黨的不同意義，在德希達眼中，這些都是屬於符號。如果有人質疑，什麼叫做吉利？什麼叫做正義？被質疑者可能需要煞費周章，進行更進一步的解釋。

德希達說，符號所延伸出來的意義，可以稱為「延異」。所謂延異，便是透過一個符號，不斷延伸出種種的解釋。例如紅色等於吉利時，試問吉利的意義又是什麼？在東方，可以用菜頭代表彩頭，可以用粽子代表包中。但彩頭與包中，本身也是符號，可能需要另一層次的解釋。德希達說，所有延伸出來的符號，已經與最初原來的符號產生差異。就像查字典那樣，每次遇到一個單字時，便翻查字典裡的解釋；而解釋中又有更多單字出現，然後又翻查新的單字。如此反覆地延伸下去，獲得的全新單字已經與原來的生字距離非常遙遠，而且意義已經截然不同。法文的 differance，本身就是一個動詞，同時有著延異與差異的意涵。而這正是解構主義的重要意義所在，便是通過符號的解讀，來翻轉固定（或僵化）的傳統價值。

德希達對語言學提出的挑戰，其實是在拆解符號與意義之間的穩定性。通過他的解釋，可以理解意義往往是介於在場（presence）與缺席（absence）之間的閃爍不定。他認為所有的語言與文字紀錄，都只是留下痕跡（traces）而已，也只是作為備忘而已，並不等於作者的在場或真理的存在。因此，藉由符號所建構起來的知識，充斥了太多的神話與虛構。長期以來，西方知識論是依賴兩元對立（binary）而構造起來。例如，真假、優劣、男女、西方東方、白人與有色人種。對他而言，這種兩元論其實都沒有以真實的知識為基礎，而是藉由符號傳播來建構西方優越論，或男性優越論，或白人優越論。德希達的最主要任務，就是要挑戰所謂的優先原則（first principle）。為什麼男優於女？為什麼西方優於東方？為什麼白人優於有色人種？這種長期存在的偏見，完全沒有知識基礎來支撐，而完全是由於符號的傳播。

這種思維方式，對後來的女性主義者或後殖民論者，都帶來前所未有的思想突破。女性主義者認為，西方知識系統裡所挾帶的男優於女的偏見，完全是藉由語音中心論或理體中心論的建構，完全沒有真正的知識基礎。她們把男性知識論的建構，直接稱為「陽具理體中心論」（phallogocentrism）。也就是把兩個英文單字陽具（phallus）與理體中心論拼裝起來，直接揭露男性如何藉由知識的延伸而造成對女性的歧視。女性語言學的崛起，正是受到德希達的啟發，而展開一九六〇年代以來的第二波女性運動。同樣的，後殖民理論的崛起，也是受到德希達理論的點撥。由於亞非拉三洲的知識分子都接受的是西方的近代知識，在不知不覺中，也連帶接受知識所挾帶而來的西方權力支配。所有被殖民者，在面對西方知識之際，不免都有落後感（belatedness）產生，這恰恰就承認了西方的優先性，而這樣的優先性又轉化成優越性。東方知識分子不斷提出迎頭趕上或並駕齊驅的口號，正好等於承認西方永遠走在東方之前，從而被西方的權力領導，也就變成一個事實。

德希達把西方知識論視為一個充滿符號的世界，他企圖從符號迷宮中理出一個新的系統。作為知識的挑戰任務，德希達確實表現得極為傑出，而且也相當成功。他對知識論的最大貢獻，就在於對於單元壟斷式的標準（criteria）進行挑戰。有史以來，人類已經習慣於從事兩元論的思考，藉由真假優劣的評判，決定我們對這個世界的認識，但是真假優劣的判準，又是如何建立起來，從來沒有受到任何人的質疑。自柏拉圖以降的哲學體系，都是藉由兩元論的思維方式而構築起來，從而找到接觸真理的途徑。但是，虛構的兩元論遭到拆解之後，所謂真理的磐石，也從此產生徹底動搖。

尤其對於優先原則的挑戰，更具有強悍的雄辯。以《聖經》的〈創世紀〉而言，正好提供挑戰優先原則的範例。《聖經》說上帝依照祂的形象創造人，這完全是以人的中心來思考，如果大象或鱷魚也會思考的話，牠們會說，上帝依照祂的形象創造牠們的族裔。同樣的，《聖經》說女人是由男人的一根肋骨所做成，這也是以男人為中心來思考，正好證明《聖經》是由男人書寫出來的。當女性主義者開始質疑上帝的性別時，或者非洲信徒開始質疑上帝的膚色時，都恰好證明知識論裡的優先原則很難站得住腳。一部西方哲學史，完全是男性說話的歷史。由於哲學家清一色都是男性，在建構知識與真理的過程中，也自然而然滲透了男性優越的權力支配。在這樣的哲學薰陶之下，男性不可能輕易釋出他們的權力，從而女性身分也長期受到男性的宰制。

為什麼西蒙．波娃（Simone de Beauvoir, 1908-1986）會把她的書命名為《第二性》（*Le Deuxième Sexe*）[2]？因為在社會文化裡，女性身分的位階永遠次等於男性，她當然拒絕當第二性。只是她在寫這本書時，德希達的理論還未公諸於世。至少在她的思維裡，已經對前述所謂「優先原則」進行挑戰，只是她還不知道要從語言的結構著手。在德希達發表他的語言解構論之後，後起的法國女性主義學者，如伊蓮娜．西蘇（Hélène Cixous, 1908-1986），克莉斯蒂娃（Julia Kristeva, 1941-），都開始對既有的語言符號從事各種顛覆性的詮釋。男性權力都藏在文字的細節裡，如果持續沿用既有的說話範式，

《第二性》（貓頭鷹出版提供）

在思維方法上，在詮釋策略上，就無法掙脫父權的支配。

兩元論的思考，在人類文化裡始終牢不可破。那種依賴絕對價值的說話方式，已經在歷史上使用兩千年以上。必須要等德希達出現後，才把兩元思維的習慣全然拆解。符號跟意義之間的關係，從來不是那麼穩定。能夠使這樣的關係穩定下來，完全是受權力支配的結果。由於男性掌握了發言權，而所謂發言，其實是包括知識的建構，以及歷史的解釋。在整個文化發展過程中，只要把沒有發言權的女性、有色人種、東方遮蔽了，西方男性白人所掌握的權力便鞏固下來。確切而言，女性、有色人種、東方，在知識傳播中，連構成符號的資格都沒有。因此，在文字紀錄中，他們完全是缺席的。既然是缺席的，就

[2] Simone de Beauvoir 著。邱瑞鑾譯。《第二性》（*Le Deuxième sexe*）（台北：貓頭鷹，二〇一五）。

不可能成為知識的一部分。他們的權力與權利，便悉數遭到剝奪。德希達的策略，看似非常簡單，卻是人類在啟蒙運動以後的重大發展。歷史演進是那樣緩慢，所有遭到壓迫的性別、族群、階級，等於活在黑暗的洞穴裡，接受無盡無止的凌遲與刑求。符號之為用，竟如此巨大。

第十六章 讀者的誕生

《書寫與差異》

德希達對西方的邏各斯所產生的質疑，對文學批評帶來重大的突破。邏各斯（logos），它本身具有的意涵，正如中國學者張隆溪在《道與邏各斯》[1]所指出，西方的「邏各斯」，大約等同於東方的「道」。所謂道，既是指思想，也是指說話，同時具有隱性與顯性的雙重性格。在各自的哲學源頭，不約而同對思想與說話表達最高的懷疑。語言與文字，是最不準確的傳達載體，不能具體呈現外在的現實與物體。只要說出話來，就偏離了真實與真理。那種境界，就像禪那樣，全然屬於難以言說的層次。在生命裡，確實有些人能在神祕的時刻悟道。那種覺悟與匯通，一旦訴諸語言時，就立刻偏離了真理。「道可道，非常道」指的就是這種道理。

「延異」一詞的提出，具有兩種意義。一個是指時間上的延宕，一個是指空間上的差異。所有的文字符號，都不是起點，也不是終點，而只是一個中介點。任何一種真理在傳播時，都只能藉由文字與語言來傳遞。但是，文字與語言都是由語音（sound）與概念（concept）所構成，具體的實物（reference）卻總是缺席。無論是西方哲學，或東方哲學，在漫長的時間長河中流動，並沒有以具體的客觀事物或實踐來支撐。歷代傳承下來的思想或真理，哲學家提出的概念，從來都不是在場（presence），而永遠都是缺席（absence）。德希達指出，西方的哲學真理，都是通過抽象的語言符號來承接。具體而言，只要透過文字或語言表達出來，似乎就完成了真理的實踐。確切地說，一部哲學史就是一部符號的延異過程。

正如前一章指出，德希達不斷挑戰在場與缺席的辯證，目的在於挑戰長期以來兩元論的穩定性。優／劣，男／女，西方／東方，現代／傳統，這種價值觀念上的區別，一直是知識傳播的重要依據。這種穩定的對立關係，全然是透過知識的傳播而確立下來。但這種思維方式，並不是那麼穩固，而只是透過每個時代的思想家持續傳遞下來，以至於在接受知識的過程時，並不能察覺這種結構，其實充滿了虛構。德希達提出「解構」

[1] 張隆溪，《道與邏各斯》（南京：江蘇教育出版社，二〇〇六）。

（deconstruction）一詞，有意拆解穩如泰山的文字結構。對於語言的不穩定性，海德格（Martin Heidegger, 1889-1976）曾經使用「破壞」（destruction）一詞，企圖否定思想傳統裡習以為常的兩元結構。解構比破壞還更具有積極的意義。所謂破壞，等於是全盤否定，終而導致毀滅。解構的積極意義在於，它只是拆解兩元論的固定結構，比較傾向哲學上的「揚棄」的做法。那是一種批判性的接受，一方面使具有正面的思維方式可以保留下來，一方面放棄負面性的思維。

德希達的解構思維，在某種意義上符合我們所說的，「以其人之道，還治其人之身」。在既有的知識論傳統裡，找出許多矛盾而衝突的價值觀念。表面上好像可以並存，事實上是相互對峙並相互拉扯。德希達曾經討論，柏拉圖經典〈斐德若篇〉裡所討論的「藥」（pharmakon），包括了兩元對立的概念。藥既可以治病，也可以致死。這種弔詭的思維方式，在人類的知識中比比皆是。這種邏各斯中心論，卻是構成西方哲學思想、價值觀念、文化體系的準則。這足以說明，所有知識的建構，往往會滲透建構者的身分、性別、立場的偏見。誰創造知識，誰就把自身的偏頗價值觀念注入其中。

德希達提出延異的觀念，在於強調所有的知識傳播與延續，其實是一個符號延伸出另一個符號。而真正的客觀事物與真理，並不存在於符號裡。無論這個符號是指語言或文字，都無法傳達所謂的真理。正如中國文學傳統常常提到「意在言外」或「辭不達意」，就在於表達語言文字的不足。這裡的「意」，指的就是真理，價值，思想，也就是德希達所說的在場。人類是先有語言，才有文字。也就是，文字是語言的延宕。具體而言，真理是客觀的存在，卻要用文字來表達，本身就是一種延宕，也是一種落差。面對思想與真理時，一旦訴諸語言文字來表達，就偏離了既有的真實意義。每當解釋真理時，所有的語言文字就偏離了真理。為了使真理說得更清楚，就不能不使用更多的語言文字來解釋。因此，延伸出來的所有文字符號，就距離最初的真理越來越遠。

人類的哲學史，無論是東方或西方，都是透過大量的文字符號建構而成。所有的思維方式，都在重複固定的模式。例如，真先於偽，善先於惡，語言先於文字，都是不斷在建構一個所謂的思想體系或價值觀念。這種等級式的位階觀念，純粹都屬於邏各斯。如此建立起來的因果關係，不僅影響哲學思維，也影響了歷史學，心理學，社會學。都是先感受到病痛，才會去找原因。同樣的，一個朝代滅亡，才去尋找治亂興亡的原因。

但是何者為因，何者為果，並不是必然關係，而完全是由人去解釋出來。而這樣的解釋，又是言人人殊。德希達強調，所有的解釋彷彿是在場。其實，所有的真理都是缺席的。

德希達的延異觀念，以及對在場的質疑，確實對傳統的知識論帶來巨大衝擊。等級式的兩元論，挾帶而來的是優劣論。某種價值觀念為何優先於另一個，或者是被歸類於劣勢的位置。德希達的解構策略，在於鬆動傳播許久的各種知識論。人類為什麼會出現奴隸制或蓄妾制，往往都來自虛構的知識傳播，而這種傳播，我們稱之為傳統。並且對這樣的傳統，予以神聖化、永久化。德希達所帶來的語言革命與思維顛覆，無疑使許多思維方式，不能不重新整頓。歐洲中心論、白人中心論、男性中心論、異性戀中心論，在一九六〇年代以後開始式微，不能不拜賜於解構主義的崛起。這說明了為什麼閱讀與再閱讀，詮釋與再詮釋（re-interpretation），變得非常重要。只有通過再閱讀與再詮釋，才能重新找到過去知識論的缺口與缺陷。

羅蘭・巴特的「作者之死」

德希達提倡的解構思維，確實帶來閱讀上的重大衝擊，完全顛覆了過去知識論的舊有脾性。長期以來，知識傳播就等於是文字傳播。讀者深深相信只要專注於讀書，自然就可以從知識上獲得真理。就像中國傳統諺語所說，「書中自有黃金屋，書中自有顏如玉」。只要好好讀書，不僅可以累積知識，也可以獲得名利與美女。但是德希達指出，文字只是符號或痕跡而已，並不等於在場，目的（telos），真理（truth），事實（fact）。這種閱讀方式，似乎在傳達一個信息：只要閱讀史書，就好像出現在歷史現場；只要閱讀哲學，似乎就可掌握真理。這是西方知識論建立以來，讀書人所習以為常的思考方式。德希達指出，文字傳播並不意味真理的實現，更不意味公理與正義得以實行於人間。所有的知識建構者，都無可避免會注入個人的價值觀念與權力支配，在一定程度上，正義與公理的提倡者，往往也是權力的壓迫者。羅蘭・巴特對於符號或文字也有相應的解釋，似乎可以與德希達形成一種平行的對話關係。德希達是從文字符號切入，羅蘭・巴特則是從文本閱讀切入。德希達挑戰的是邏各斯中心論，羅蘭・巴特則挑

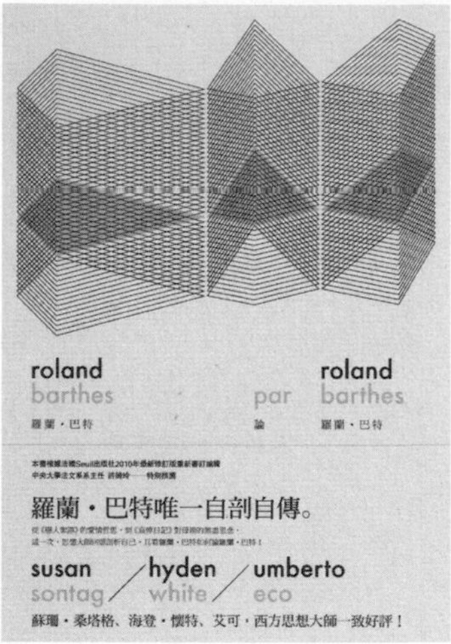

《羅蘭巴特論羅蘭巴特》

戰作者中心論。

羅蘭・巴特指出，書寫（script）就是一種演出（performance）。這種演出，其實是符號的延異，無論文字的身段或姿態如何精彩，並未能更進一步貼近正義與公平，所有的符號表演，往往與現實或事實保持一定的距離。一篇精彩的小說，一首漂亮的詩，可以描述一個真理或一種正義，但不能完全等同起來。巴特說，書寫者（scripter）於文本創造之際，可能同時存在。但是文本完成後，作者離去，留下的只是痕跡而已。這種說法，與德希達的主張，可謂並行不悖。書寫者在現場的表演，比較具有說服力，但離開後，影響力就減低不少。作者消失時，文本的意義再也不受限制，而完全對讀者開放。

巴特指出，符號之所以成為符號，永遠都存在著匱缺、空白、局部、不完整。沒有一種符號，可以充分而飽滿地傳達真實的意義。舉例而言，當一對情人同時表示肚子餓了，兩個人對餓的定義卻有落差。男人需要三碗飯才能吃飽，女人只需要一碗飯便已足夠。同樣是屬於餓，卻有程度不同的差別。符號或文字的不充分，由此可見。更進一步而言，符號或文字的塑造，總是挾帶著一定的權力支配。試舉中國的傳統論述為例：「忠臣不事二君，烈女不事二夫」。這是民間傳播最廣的其中一個價值觀念，從表面上看，男女好像是對等，但權力分配，卻毫無公正可言。它已明顯區分男人是屬於國家，女人是屬於家庭。「忠臣」與「烈女」所受到的要求，完全不對等。男人聽命於皇帝，女人聽命於丈夫，正好把女性從權力脈絡中隔離出來。即使在二十世紀中期以前，這種論述仍然還是普遍被接受。

如果符號或文字本身是空白的，或匱缺的，正好顯示並不足以承載事實與真理。同樣的，如果符號裡面並沒有事實與真理，則透過文字所傳播的權力支配，根本並不存在。巴特特別強調，符號或文字，如果沒有負載權力支配，則歷史上所有被壓抑的符號就不再被壓抑。進一步而言，知識論長期都存在著兩元論，正如前面說過，男／女，西方／東方，白人／黑人，現代／傳統，凡屬第一順位，都居於優位性。只是透過文字的傳播，符號的塑造，第一順位者往往就是權力支配者。如果借用符號傳播的知識，都沒有具體的真理與事實來支撐，挾帶而來的權力支配也完全是虛構。

回到索緒爾的語言學概念，符號與意義之間的關係是隨意的，等於給我們一個強烈的暗示，所有舊的符號都可以賦予新的意義。舉例而言，中國的傳統話本小說，都是出自男性作者之手。他們在構思故事情節時，都會注入男性的權力觀念。一部《水滸傳》，就是一部男性爭奪政治權力的故事。一部《金瓶梅》，就是一部男性支配女性的故事。這些小說全部都是虛構，但都在於強調男性掌握權力的重要性，女性只是扮演從屬的角色。忠奸、貞淫的兩元論觀念，充斥於話本小說裡。那種固定的、穩定的、無可動搖的等級觀念，不僅顯示男性權力的傲慢，同時也影響多少世代的男性讀者。這種文學形式的傳播，其實就是男性權力的傳承。在這種浩浩蕩蕩的文學傳統之下，女性永遠扮演被支配、被定義的角色，永世不得翻身。而這樣的價值觀念，如果還改編成為戲曲，或化身為民間傳說，那種影響力更是牢不可破。

男優先於女，忠優先於奸，貞優先於淫，正是儒家思想的核心所在，也是男性權力依據的根本。借用羅蘭．巴特的觀念，文學中流動的這些符號，其實沒有事實根據，也沒有真理基礎，而完全是由男性的想像延伸出來。巴特說，舊的符號可以賦予新的意義。《金瓶梅》裡的潘金蓮，長期被賦予淫婦的縮影。但是，在一九八〇年代以後，潘金蓮已開始被賦予新的意義，重新被解釋為中國最勇於表達情慾的傳統女性。因為符號的設計與定義，都是由男性作者所塑造，如果事實與真理並不存在於符號裡，則挾帶而來的權力支配，也同樣可以宣告為空白。所有與男性權力相關的語言文字，如果不等於權力的存在，則挾帶而來的壓迫與壓抑也等於不存在。與潘金蓮相關的語言文字，從此也不再受到壓抑。被賦予的既有意義，從此得到翻轉，而獲得全新的意義。

羅蘭．巴特最有名的一篇文章〈作者之死〉（"The Death of the Author"），相當清楚指出，過去所有文學作品，都被視為作者的產物。作者支配著文學史、作家傳記，通過日記與回憶錄，來強化作者與作品的關係。他的個人、生命、品味、情感，一直成為文學批評的主要關切。巴特說，作者的地位一直屹立不搖，因為他把作品當作自己的所有物。事實上，一個作品並不是作者在說話，而是語言在說話。只有語言在動作並表演，而不是作者「我」。如果把作者拿掉，呈現在讀者面前的就是文本。打開一本小說或詩集時，讀者只會看到語言的行動與表演。作者的生平、感情、立場，就撤退成為遙遠的背景。所謂文本，並非是一系列的文字釋出單一的詮釋學意義，它其實是一個多重空間，容納著符號的書寫。而這些符號，完全不是由作者創造出來，而是從過去無數使用過的符號匯集起來。他的手法，其實是重新攪拌、撞擊，他已不再只是受制於自己的感覺、情緒、印象，而是投入了無限的符號表演。

讀者或批評家在面對文本時，再也不是依照作者的創作動機進行閱讀，而是沿著符號的演出，去探索符號所釋放出來的流動意義。閱讀或批評，不是尋找文學的終極意義，而是開發意義的起點。具體而言，讀者不再是作者的追隨者，而是符號意義的開發者。符號之所以匯集在一本小說或作品裡，是因為它匯集了各種文化源流。只是透過作者的手，書寫出來。所有的閱讀，不是跟作者站在一起，而是應該跟他對話、對峙與協商。閱讀不是終點，就像批評不是作者的詮釋，應該超越作者，而看到文本所釋出的意義。羅蘭·巴特因此說出非常經典的一句話：「讀者的誕生，必須以作者之死為代價。」（The birth of the reader must be at the cost of the death of the Author.）。

作者向來被視為正義與真理的化身，是道德的仲裁者與辯護者。正因為如此，批評家在進行作品評審時，往往必須以作者的創作動機、立場為依歸。就像巴特指出，閱讀作品時往往需要優先考察作者的生命歷程，甚至相當勤勞地，去閱讀作者的書信、日記、訪談，彷彿只要知道他的生平越多，就越貼近作品本身。這種傳記式的歷史批評，其實只有把閱讀帶離作品本身越來越遠。每位作者所使用的文字符號，從來都不是他的原創，而是繼承了不同文化中心、不同文學源流的脈絡。無論作者的想像有多精妙，文字表演有多傑出，仍然還是沒有脫離前人使用過的符號。既然是符號的演出，它的意義永遠都是處在活潑、開放的狀態。過去稱為作品，現在叫做文本，為的就是要使批評實踐，從作者的權威陰影下掙脫出來，使讀者可以更自由、更具創造性的閱讀文本。

第十七章

傅柯與新歷史主義

傅柯的考掘學與系譜學

傅柯出現時，首先挑戰啟蒙運動以降的知識結構。他認為，近代知識的崛起，先天就已經嵌入知識創建者的偏見與價值觀念。近代知識的構成，包裹著豐富的權力支配。這大概是啟蒙運動以來，所受到最關鍵也最重要的質疑。遠在文藝復興時期，人的本位開始浮現，由教會所壟斷的任何解釋，也同時受到高度懷疑。到了十八世紀，啟蒙運動展開時，人的理性（rationality或reason）逐漸抬頭。在西方歷史上，往往把啟蒙時期的歷史階段，稱為理性時代（Age of Reason）。這足以說明，人的思維方式憑藉著與生俱來的理性，便可以解釋這個世界。

依照韋伯（Max Weber, 1864-1920）的解釋，人類知識的現代化過程，往往必須經過除魅（disenchantment）的儀式。在中古時期，人類還無法藉由本身的理性或知識來理解整個宇宙與世界，往往必須藉由巫術或宗教的指引，才能獲得解答。如果不能得到滿意的答案，大約都會歸諸於命運的安排。這種宿命論，使得人們在遇到重大困難或災難時，只能俯首接受。但是近代知識的崛起，例如天文學、物理學、化學種種知識的開展，使得人類慢慢偏離《聖經》的解釋，從而也掙脫了宿命論，而可以利用客觀知識，重新認識他所賴以生存的世界。宗教改革（Reformation）以來，偏頗的《聖經》解釋慢慢受到挑戰並質疑。這足以說明，近代知識的提升，使得宗教的神聖地位日益下降。

但是，人類根據科學所建立起來的知識，果真是那樣理性或那樣客觀？這正是傅柯念茲在茲的重大議題。當整個西方開始尊崇理性時，彷彿意味著這個世界的歷史發展、政治建構、經濟開發，都可以得到合理的解釋。理性，日益膨脹，其地位之高，似乎漸漸取代上帝的地位。在理性與不理性之間，如何劃出一道清晰的界線，這正是啟蒙運動以降，西方知識建構過程中最為巨大的工程。

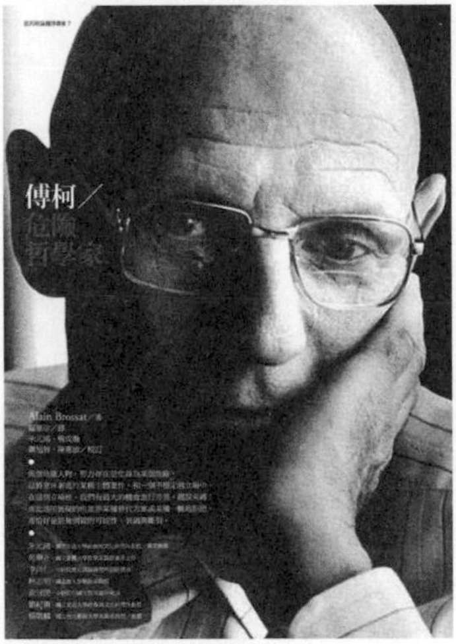

《傅柯：危險哲學家》

歷史學訓練出身的傅柯，對這樣的問題開始投入歸根究柢的追索。他的第一本重要著作《瘋癲與文明》（*Histoire de la folie à l'âge classique*）[1]，可以說為西方知識界帶來前所未有的震撼。這本書的副題是「沉默之考掘學」（the archaeology of silence），其主旨在於追本溯源，西方瘋人院是如何建立起來。在十七世紀中期以前，精神病患從來沒有被監禁起來，他們受到容許可以在街上散步走路，有時候也可以與一般人對話交談。但是，理性高漲以後，西歐各個國家開始普遍設立瘋人院。他通過史料的解讀，發現法國、英國、德國，在不同的時間點，陸續設立瘋人院，把所有的精神病患監禁起來。瘋人院的建置，各國並不必然有相互聯繫的關係，而是伴隨現代社會對理性的提倡而林立起來。

瘋人院的建構，標誌著現代理性與瘋狂之間的切斷對話。這個歷史事實，充分證明現代社會對不理性（unreason）的排斥。但是關鍵的問題是，誰來決定什麼是理性，什麼是不理性。過去的考古學，在於挖掘地下所埋藏的古代器物，藉以考察人類生活方式的改變，來補足文字紀錄之不足。傅柯所提倡的考掘學，則是在現代知識形塑過程中，去探勘理性與知識是如何結盟起來。確切而言，理性本身具有強烈的排他與排外性格。當理性獲得尊崇之際，幾乎也同時開始拒斥不同的思維方式。更進一步而言，理性的運作不僅帶來批判，也同時無可避免帶來審判；而審判，便具有強烈的歧視與鄙夷。

理性抬頭時，上帝便開始退位。傲慢的理性過分高漲時，反而篡奪了上帝的地位。而這正是傳柯對理性氾濫的事實，特別保持警戒之心。理性既然是從人的本位出發，因此現代知識的建構過程中，也不免帶著人的偏見。而這樣的偏見，是一種權力的化身。在現代社會，藉由知識來進行權力支配歷歷可見。回到瘋癲史的探索，傅柯發現瘋人院的設立，並非是在同一時期各個國家約定好去設置，而是因為理性受到尊崇，才不約而同去建立的。他的這種歷史研究方法，與過去的歷史主義（historicism）全然不同。他的系譜學（genealogy），在於強調歷史發展從來不是連續不斷，而是出現太多的縫隙、缺口、斷裂。就像各國的瘋人院建置那樣，時間點並非連續不斷，而是錯落地在不同國家、不同時間紛紛出現。

傅柯所提倡的系譜學，已經公認是一種新歷史主義（new historicism）。首先，這種歷史思維再也不是依賴線性發展，而是以複數的方式在進行。英國與法國在設立瘋人院時，完全是出於各自對理性的要求，但是把不同地區瘋人院的設立連接起來，就可發

---

1 Michel Foucault, *Histoire de la folie à l'âge classique* (French: Gallimard, 1972).

現理性的思維方式，已為各國所接受。因此，新歷史主義的主要觀念是，從來沒有所謂連續不斷的歷史，也從來沒有所謂單一發展的歷史。人類的歷史，本來就是以匱缺、空白、斷裂的形式在發展。

過去的歷史書寫，非常強調整體化（totalization）與普遍化（universalization）的觀念。這種史學方法，幾乎都是以個人的價值觀念來概括所有的歷史現象。因此，歷史書寫幾乎就是個人權力的延伸。它特別強調，歷史發展過程中系統（system）、建制（institution）、與統治性（governmentality）的權力支配。在進行歷史解釋時，會特別彰顯重大時刻（great moments）、事件（events）以及個人（individuals）。如果檢驗東方與西方的歷史作品，都可以發現類此的書寫策略。我們常常會看到一些熟悉的字眼，如導火線、關鍵點、分水嶺，已經是耳熟能詳的歷史解釋。這種解釋，其實是以一個人的觀點來概括人類歷史的發展。依賴這樣的歷史解釋，在不知不覺中，就會彰顯目的論（teleology）、因果論（cause-event）以及不可避免性（inevitability）。依照這種方式去建構歷史，往往會排斥構成歷史內容的複雜因素，同時也會邊緣化許多歷史的事件參與者。當一個主流歷史建構起來時，呈現出來的必然是單一的（monolithic）與合法性的

（legitimate）時間敘述。為了達到如此的歷史書寫，史家總是會使用宏偉敘述（grand narrative），例如偉大、崇高、壯闊的史觀，而配合這樣的歷史舞台，就需要巨大的人格來支撐，例如帝王、英雄、烈士、忠臣，才使得所謂的大歷史變得可能。

傅柯的歷史書寫，除了瘋癲史之外，還包括《性的歷史》（*Histoire do la Sexualité*）[2][3][4]以及《臨床醫學的誕生》（*Naissance de la clinique: une archéologie du regard médical*）[5]。他把人的身體視為物種身體（spices body）或生物政治（bio-politics），把過去的宏觀歷史學轉化成為微觀歷史學。不再過分強調政治社會的歷史發展，而強調人的身體在現代社會構成中所占的位置。他的目的在於質疑理性觀點的歷史書寫，也就是說，所謂連續不斷的歷史，其實是一種虛構。過去與現在之間，存在著太多的斷裂。他特別注意到「現在」的合法性，它不必然是從過去繼承而來。同樣的，不

---

[2] Michel Foucault, *Histoire de la sexualité, tome 1 : La volonté de savoir* (French: Gallimard, 1994).

[3] Michel Foucault, *Histoire de la sexualité, tome 2 : L'usage des plaisirs* (French: Gallimard, 1994).

[4] Michel Foucault, *Histoire de la sexualité, tome 3 : Le souci de soi* (French: Gallimard, 1994).

[5] Michel Foucault, *Naissance de la clinique: une archéologie du regard médical* (Paris: Presses Universitaires de France, 1963).

同階段的歷史，存在著巨大的差異性。在演變過程中，存在著時間的不連續，以及時間的轉化。歷史常常出現太多的例外，不可能用一致的標準來概括。每一個歷史事件，都具有其獨特性（singularity）。在過去，可能是被忽視、否定、貶抑、邊緣化的歷史。這些不能進入主流歷史的事件、人物，反而充滿了豐富的文化意義。傅柯並不特別重視所謂主流的歷史。當一個重要歷史被尊崇時，就等於在貶抑其他不同的歷史因素與條件。因此，他不承認主流的歷史知識有其位階性（hierarchy），反而重視被掩蓋、被遮蔽的歷史事件。

所謂主流歷史，往往過於強調國族的領先位置，為了彰顯民族主義的重要性，許多個人的價值觀念與思維方式，都要受到壓制。同樣地，左派階級鬥爭與階級解放的論述，都過於強調大歷史的書寫，這種論述或許可以推翻社會中的資產階級的統治，卻無法使許多個人被拯救出來。他注意到微觀的歷史有其重要的文化意義，例如性傾向、身體、感覺、情慾，往往被大歷史所湮滅。一個國家或一個體制可以被取代，但是身體受到的統治與規範，卻還是持續存在。確切而言，即使國家形式、生產方式、階級結構受到改變，卻仍然無法改變權力支配的軌跡。這正是傅柯念茲在茲的主要關切。

論述與權力

具有左派思維的傅柯，對於馬克思主義並不全然信服。經歷過革命的手段，使舊有的國家體制被推翻，也使舊有的統治階級被取代。但是，權力的核心並沒有改變。每一種革命都是以解放作為口號，但是革命成功之後，解放反而帶來了壓制。這是因為大歷史即使受到改造，細微的歷史之被壓制仍然維持不變。一個大歷史被推翻，其實是由另一個大歷史來取代。馬克思主義所強調的整體性與普遍性觀念，相當成功地使人類歷史產生天翻地覆的改變。新的政權，新的時代，固然取代了舊政權、舊時代，卻並沒有使人的身體與心靈真正獲得解放。

所有的國家權力或統治機器，都是透過話語權或論述權（discourse），來制約或影響個人的思維方式與價值觀念。在現代社會，權力的支配都是以毛細管的方式擴散、滲透。一般人對於權力的概念，大約都集中在政治權力或經濟權力。傅柯注意到的是話語政治與身體政治，這才是他微觀歷史的主要重點。透過各種說話的方式，可以達到支配身體或影響價值觀念的目的。所以論述，它不是一群符號，也不是文本的延伸，而是系統性地形塑說話對象的一種實踐。在社會脈絡裡，往往會出現某種觀念、意見、概念，以及思想與行為的方法，其中便暗藏著一定的論述結構。傅柯特別注意到微觀歷史的議題，包括性別、瘋癲、疾病的概念，透過話語或論述而規範了人的行為與思維。人們並不是自主性的認識這些概念，而是在一定的話語脈絡中逐漸受到薰陶影響，並進一步馴服的接受。當話語或論述發生效用時，很有可能取代真理（truth）與知識（knowledge），伴隨而來的便是權力也跟著發生作用。

舉例而言，「愛滋病是一種天譴」，這樣的論述形成時，就充滿了貶抑與訓誡的意味。它既是把愛滋病當作一種犯罪，同時也在譴責同性戀這樣的行為。論述中所說的疾病，構成了異性戀者的權力傲慢，從而也達到對同志的指責。傅柯的思維方式，與德希達最大的歧異之處，就在於前者強調的是話語與論述，後者則非常注重文本的演出。兩位思想家都志在解構權力支配。德希達是從文字與語言的符號切入，他剖析語言中心論與理體中心論的缺陷，進一步解構隨著知識挾帶而來的權力支配，證明文本只是符號延異的結果。相形之下，傅柯比較強調話語所帶來的詮釋權，並且先驗地支配人的心理狀態與行為模式。

傅柯所寫的《規訓與懲罰》（*Surveiller et punir: Naissance de la prison*）[6]，典型地討論身體政治是如何實踐。書中特別指出，現代監獄為什麼會以圓形結構建造起來，關鍵就在於可以提供一種全景式的監視。這是相當完美而有效的監控模型，那不僅是罪犯的行為受到控制，更重要的是它使所謂社會正義，以在場的形式呈現出來。越現代化的社會，權力的擴散與滲透就更加細緻而嚴密。傅柯的著作完成於一九八〇年代之前，卻已經預告了後現代社會的監控制度，是如何變成天羅地網。為了維持所謂的社會秩序，或者是為了有利統治，當權者發展出來的監控技巧，已經不再停留於圓形監獄的模式，而是在每個路口、電梯、賣場、學校、醫院、停車場，都設立了監視器。表面上是為了正義與秩序，實際上已經建立了地毯式的監控制度，這正是傅柯所稱的毛細管式的權力支配。如今，監視制度猶嫌不足，還更奧妙地發展出監聽系統，那不僅僅是全國性的控制，而且是全球性的監禁。人造衛星的偵測，已經遠遠超過圓形監獄的落伍手法。每個個人的身體，因此而受到訓誡，為的是成就和平、公理、正義的美名，並進一步完成了

---

[6] Michel Foucault, *Surveiller et punir: Naissance de la prison* (French: Gallimard, 1993).

傅柯所說的「統治性」。

在生命的最後階段，傅柯的晚期思想致力於性的歷史之研究。這是一部未完的工程，包括第一冊《性的歷史》，第二冊《快感的效用》，第三冊《自我的照護》。傅柯因愛滋病而去世於一九八四年，因此後兩冊都是死後才出版。身為同性戀者，他終其一生從來都沒有出櫃。但是從他研究的關切所在，可以看出他所有的著作，都是在為自己的性別取向辯護。無論是身體政治的研究，或者話語政治的詮釋，甚至有關臨床醫學的研究，在在都與他的個人生命有密切關係。在異性戀社會裡，他早已對有關同志的貶抑論述耳熟能詳，也因此像被監禁與監視一樣，身體一直無法出現在陽光之下。他的學術可能受到尊崇，但是他的身體卻遭到嚴重的邊緣化。在他死後三十年，他對歷史研究帶來了突破性的貢獻，他所建構的系譜學與考掘學，到今天對於後現代的學術研究，仍然具有高度的影響力。

第十八章

詹明信與後現代主義文化

文學與資本主義三階段

後現代主義理論的每位大師，基本上都具有左派的思維，都相當熟悉馬克思主義。所謂左派，一言以蔽之，便是具有高度的批判精神。首先是站在弱者的立場，對於既得利益者的權力位置進行深刻的解剖。所謂弱者，包括了女性、農民、工人、同志，以及被殖民者。這些弱勢者，在主流論述上從未獲得發言權。對於既得利益者的批判，正好可以借用馬克思主義理論從事階級分析。無論是德希達、羅蘭・巴特、傅柯，都是屬於馬克思主義系譜的批判實踐者。

詹明信，可能是唯一直接引述馬克思理論，來解釋後現代主義文化的左派學者。詹明信與其他後結構主義者的最大不同是，在看待文化問題時，強調必須以總體化（totalization）的觀念來看待歷史的發展，而不是強調主體性與差異性。面對所有的文化議題，他有一個口號是：「永遠歷史化」（always historicization）。只有放在歷史脈絡中來檢驗，才可以看出不同時間階段的文化，是如何產生變動。

詹明信最大的一部書寫工程，當以《後現代主義或晚期資本主義的文化邏輯》

（*Postmodernism, or the Cultural Logic of Late Capitalism*）為代表。這本著作，可以說是為西方現代主義做了最全面的考察，同時也給予最清晰的定義與討論。在某種程度上，他對各種後結構主義思潮，有一定程度的抗拒，對於性別議題、認同政治或在地文化，也採取相當程度的批判。他注重的是資訊社會，消費文化，藝術跨界的種種思維方式。他特別指出，後現代文化的到來，使過去藝術上的疆界已經被解除，高尚文化與通俗文化之間的區隔，菁英藝術與民間藝術之間的等級，都漸漸泯除。他認為後現代的藝術作品，包括小說創作在內，開始出現沒有深度（depthless）的美學。這種美學基本上沒有時間的縱深，也沒有歷史記憶的厚度。由於創作技巧不斷的更新，往往在最短期間內，就會被新的產品所取代。每五年或十年，無論是文學、繪畫、歌曲，都很容易被遺忘。因此，懷舊病隨時都會浮現。

　　在解釋寫實主義、現代主義、後現代主義三種審美觀念的演變時，詹明信特別

《後現代主義或晚期資本主義的文化邏輯》（時報出版提供）

強調每一種美學的社會基礎，都與資本主義的變化息息相關。馬克思認為，當生產工具與生產方式沒有改變時，社會的上層結構也就不可能改變。只有在生產工具與生產方式走到盡頭時，一個新的時代才會到來。從而，特定時期的思想文化與政治結構，也才會跟著改變。詹明信借用這樣的剖析方式，分別解釋寫實主義、現代主義、後現代主義的歷史演進，是如何呼應各個歷史階段的下層結構。

詹明信把一八四〇年代工業革命以降，到一八九〇年都市化的成熟，將之命名為「國家資本主義」時期。這是一種市場取向的資本主義，反映在每一個國家的資產階級，是如何剝削本國的無產階級。在那段時期，工人的生活瀕臨生死邊緣，資本家為了奪取最高的生產利潤，完全不顧工人農民的生活慘境。正是在這樣的社會背景之下，寫實主義的美學應運而生。英國、法國、德國各自的作家，看到這種活生生的地獄景象，遂訴諸於揭露社會黑暗面的手法，控訴資本主義的慘無人道。在這段時期，西歐工業國家各自擁有一套資本主義的運作方式，彼此毫不相涉。因此，寫實主義的反映現實，也都只是各國作家在於挖掘國內資本家的醜惡面孔。

一八九〇年代，歐洲各國的資本主義開始發生危機，資本家的利潤逐漸遞減之際，開始考慮到如何減低生產成本，如何找到廉價的原料，如何開拓更大的市場。那時僅有的解決方式，便是到更落後的地區占領土地，這就是殖民主義的張本，也是帝國主義崛起的根本原因。詹明信把這種新的經濟階段，稱之為「壟斷資本主義」。所謂壟斷的資本主義，正是歷史學家所說的勢力範圍（sphere of influence）。例如在瓜分非洲時，北非屬於法國，中非屬於德國，南非屬於英國。往外擴張的資本主義，即使在殖民地的分割上，也畫出分明的界線。具體而言，帝國主義在資本主義的運作上，各取所需。在帝國主義高度發達時，所有殖民地母國都擁有前所未有的財富。從而提供了國內穩定的都市生活，住在城市裡的布爾喬亞作家，在飽食的生活裡，開始構思他們苦悶的現代生活，也開始大量挖掘無意識世界的欲望與想像。這種文學手法，便屬於現代主義的藝術。正是在這個基礎上，現代主義與帝國主義完成了密切的結盟關係。

詹明信指出，帝國主義崛起之後，國內的資本主義開始與其他國家產生競爭關係。確切而言，寫實主義時期所看到的國內資本家對國內勞工的剝削，逐漸被帝國主義之間的競爭取代。殖民地勞工被國內資本家剝削時，布爾喬亞作家是看不見的。他們呈現出來的美學，反而出現帝國主義的特質。至少在文學中所表達出來的空間，變得更為廣闊而遼遠。他以福斯特（Edward M. Forster, 1879-1970）的小說《霍華德莊園》（*Howard's End*）[1]為例，故事裡出現了綿延伸展的高速公路，代表著一種空曠的無限性，這種視野似乎與世界主義、倫敦、流浪、摩托車群連結在一起。他進一步強調，帝國使公路伸向無限，越過民族國家的疆界限制。英國現代主義文學所呈現的無限想像，正好與帝國主義發生了相互認同。詹明信顯然在強調一個重要訊息，如果沒有擴張式的帝國主義，就不會有現代主義的空間想像。

殖民主義經歷第一次、第二次世界大戰之後，開始出現式微的現象。尤其在一九四五年之後，軸心國家如德國、義大利、日本，都宣告投降。而英國、法國等西歐工業國家，也幾乎耗盡國家的生產力。前者是慘敗，後者是慘勝。帝國主義衰敗的一個跡象，便是所有殖民地紛紛宣告獨立。非洲、亞洲、拉丁美洲，所有被壓迫的弱小民族，開始意識到如何建立自己的國家，這也就是文學理論所說的，一個後殖民時期逐漸展開。失去殖民地資源的帝國主義者，元氣大傷，從此一蹶不振。在這個時刻，資本主義彷彿到了沒落的階段，正好應驗了列寧（Vladimir Lenin, 1870-1924）所寫的《帝國主義是資本主義發展的最高階段》（*Imperialism: the Highest Stage of Capitalism*）[2]。列寧預言，當殖民地革命時，或切斷與殖民母國的關係時，資本主義的危機便無法挽回。列寧的預言，只實現了一半，他從來不知道，資本主義又找到另外一種方式，起死回生。這就是詹明信所說的「晚期資本主義」。

一九六〇年代，美國累積二戰以來所保有的元氣，逐漸升格成為世界的政治領袖，從而取代了西歐資本主義國家的領導地位。在冷戰體制臻於高峰之際，美國也有計畫的擴張其資本主義的版圖。其中最重要的是，它以跨國公司的模式，來代替過去殖民主義的軍事侵略。跨國公司，便是差遣一位經理到第三世界國家，設立公司，並且在當地招募工人。除了技術專利由美國掌握之外，它所使用的原料勞力完全是就地取材。這種模式，不僅降低了投資成本，同時也為第三世界創造就業機會。這是相當細緻的資本主義發展，它以精美的商品來取代過去的槍砲，並且又有助於第三世界社會的經濟升級。對馬克思主義信仰者而言，這是一種「新殖民主義」（**neo-colonialism**）。它使帝國與殖民

---

1 Edward M. Forster, *Howard's End* (New York: Dover Publications, 2002).

2 Vladimir Lenin著。《帝國主義是資本主義發展的最高階段》（*Imperialism: the Highest Stage of Capitalism*）（北京：人民出版社，二〇〇一）。

地國家的緊張關係大大削減，也使資本主義獲得更加順暢的擴張。

跨國公司的到來，使全世界的各個角落都無法避開資本主義的浪潮。全世界資本主義化的現象，便是一般所說的全球化（globalization）。在這個歷史階段，所呈現出來的文學美學便命名為後現代主義。

《歷史之終結與最後一人》（時報出版提供）

美國成為一個新型的帝國，無論是生產方式與生產工具，都已經與過去的歷史階段截然不同，以消費作為資本主義的利器，開拓出來的版圖無遠弗屆。甚至是蘇聯與中國，也都必須向資本主義開放。一九八九年因此出現「蘇東波浪潮」，亦即蘇聯、東德、波蘭都無法抵擋全球化浪潮的攻勢。美國日裔學者福山（Francis Fukuyama, 1952-）於一九九三年所寫的《歷史之終結與最後一人》（*The End of History and the Last Man*）[3]，公開宣稱資本主義的勝利，以及共產主義的終結。這本書意味著美國資本主義的傲慢，彷彿已經在全球化浪潮中扮演領導者的角色。

後現代主義與消費社會

詹明信一直強調，後現代藝術是一種扁平化的表現。到達後現代社會時，有四種深度次第消失。第一種深度的消失，就是辯證法的思維，也就是正反之間的區隔，在後現代都宣告模糊。過去在思考意識形態時，都會考慮到立場的問題，或政治信仰的問題。到了後現代，再也沒有內與外的對立，而只注重表面的行為，或者是文本的演出，完全放棄正、反、合的思維方式。也就是說，類似馬克思主義的神聖地位，也開始受到強烈的質疑。

第二種深度模式，是有關佛洛伊德（Sigmund Freud, 1856-1939）的心理學。詹明信說，外顯的意識世界與隱藏的無意識世界，在後現代似乎已經沒有區隔。現代主義時期，往往側重於人的被壓抑世界，也往往強調如何把內在的記憶、感情、慾望挖掘出來。到了後現代，這種深度模式的美學思維，也逐漸被放棄。

---

[3] Francis Fukuyama著。李永熾譯。《歷史之終結與最後一人》（*The End of History and the Last Man*）（台北：時報，一九九三）。

佛洛伊德

第三種為存在主義所區隔的確實性與非確實性，也就是注重現象與本質之間的關係。必須確認有某種核心價值值得追求，從而對於未來的烏托邦的幻想，具有高度嚮往。後結構理論的思維崛起之後，存在主義的政治學、馬克思主義的意識形態，也慢慢失去主導的地位。

第四個深度的消失，便是符號學的崛起，它取代了過去所有文字所代表的意義。過去的思維方式，都依賴歷時性的文字結構，具有某種意義的深度。但是在後現代，文本取代了作品。所謂真理、正義這樣的信仰，也逐漸撤退。

各種價值觀念的扁平化，正是代表後現代文化的沒有深度。遠在六〇年代，法蘭克福學派的激進理論家馬庫色（Herbert Marcuse, 1898-1979），很早就在他的著作《單向度的人》（*One-Dimensional Men*）[4]指出，在後工業社會裡，人的思維方式已經開始呈現單面的價值，一切以功利為主。過去的思想典範、人格典型、終極價值，逐漸被拋

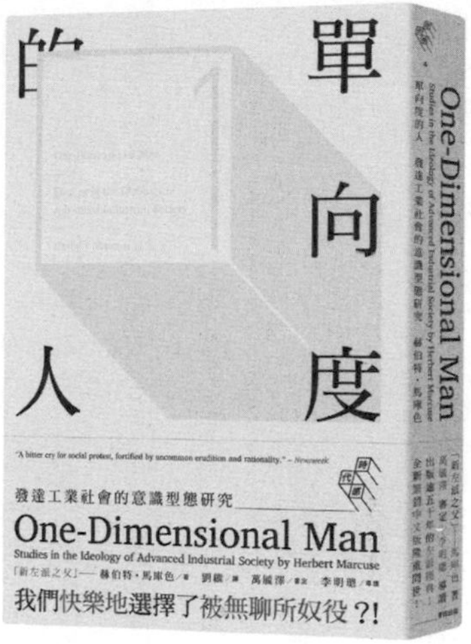

《單向度的人》

棄。詹明信所說的沒有深度，恰好可以呼應馬庫色的理論。詹明信對於後現代的觀察，不僅非常深刻，而且頗具說服力。

詹明信在解讀小說時，特別指出在過去現代主義時期，作品往往呈現各種惡夢，例如疏離、孤獨、迷惘、瘋狂的種種書寫，俯拾皆是。而後現代主義小說，開始出現自我中心的消失，從而顯現某種零碎化的現象，自我不能統一起來，身分也模糊不清。他認為在藝術上最典型的代表人物，便是安迪・沃荷（Andy Warhol, 1928-1987），他也最能代表美國消費文化。這位後現代藝術家，最擅長大量複製。就像詹明信所說，他的作品沒有原創性，而是依賴一張底片，翻拍出一系列不同顏色的複製品，包括瑪麗蓮・夢露（Marilyn Monroe, 1926-1962）、毛澤東以及安迪・沃荷本人。那種平面感，是過去藝術

4 Herbert Marcuse著。萬毓澤、劉繼譯。《單向度的人》（*One-Dimensional Man: Studies in the Ideology of Advanced Industrial Society*）（台北：麥田，二〇一五）。

史上從來沒有出現過的。他以梵谷（Vincent Willem van Gogh, 1853-1890）的作品〈農民鞋〉為例，不僅需要訴諸顏料的質感，而且也以透視的方式表現出立體感。那雙鞋子踩在泥土上，也使人產生現實感，並且聯想到社會裡的階級。

不同於梵谷的原始創作，安迪．沃荷的版畫並沒有個人的原創性，而是利用現代科技，在最短時間內製造出大量的複製品。照相的底片，完全沒有生命力。但是，龐大版畫的產量卻是後現代消費社會重要指標。他曾經宣稱，畢卡索一生的作品兩萬多件，他在一天內就可以複製出來。這種沒有深度的藝術品，確實開啟了一個新的時代到來。他曾經說過一句有名的話：「在未來，人人都可以成名十五分鐘」（In the future, everyone will be world-famous for 15 minutes.）。這句話意味著歷史性消失，取而代之的則是當下（actuality）的時間感。這種說法確實是非常重要的預言，任何一個市井人物都可以在一夕之間爆紅，尤其是以醜聞的方式登上媒體。每個人都成為消費性的人物，用完即丟。

所謂後現代社會，詹明信認為那是一種資訊社會（information society），也是消費社會（consumer society）。資訊社會指的是大量信息的爆炸，以及龐大知識的生產。尤其網路時代的到來，資訊的傳播比起過去更為豐富而頻繁，從而也造成大量理論的誕生。衍生出來的一個現象，便是術語特別龐雜，因為這些都是新生的事物，造成了加速繁殖的現象。消費社會到來，商品已經取代了所有的價值觀念，每個人的消費欲望都被開發出來，完全改變過去量入為出的勤儉觀念。這也印證他所指出的，人的無意識世界已經完全敞開，而對於商品的誘惑失去抵抗的能力。過去第三世界國家，都被帝國殖民化，在後現代社會，每個人的心靈反而被商品殖民化。

身為馬克思主義者，詹明信耗費龐大的精力來解釋什麼是晚期資本主義時，似乎也產生一種無力感。他對後現代主義一詞，並不是那麼肯定，而且還有些悲觀。當許多人把共產主義國家的消亡認為是定論時，詹明信並不認為這就是歷史的終結。他仍然把後現代主義階段，視為一個歷史的過程。晚期資本主義本身，其實只是一個過渡的階段。是帝國資本主義，與日後尚未命名的資本主義之間的橋段。他仍然以歷史敘述來看待資本主義的發展，他甚至也期待，將有一個全球性無產階級的反抗。他的思維方式，仍然還是屬於古典的馬克思主義者，仍然還是相信歷史決定論，仍然還是期待未來還有一個烏托邦會出現。因此在解釋資本主義發展時，他堅持使用整體化的觀念，來看待歷史發展。對於後現代主義中的性別議題或差異性的思維，詹明信就顯得漠不關心。人類的任何一個歷史時期，無疑都是過渡階段，把後現代主義視為兩個資本主義之間的過渡時期，應該是不會引起太大挑戰。他的態度，就像英國左派理論家伊格頓（Terry Eagleton, 1943）所寫的《散步在華爾街的馬克思》（*Why Marx Was Right*）[5]，都是為了證明馬克思是正確的。詹明信分析後現代主義所做的努力，究竟是對馬克思主義的一種哀悼，或是對未來理想社會的一個預言，或許還有待觀察。但是他對後現代主義所做的種種詮釋，都值得我們尊敬。

---

[5] Terry Eagleton 著。李尚遠譯。《散步在華爾街的馬克思》（*Why Marx Was Right*）（台北：商周，二〇一二）。

第十九章

誤讀與影響的焦慮

文學的影響論

文學史上的影響論，一直是批評家關注的焦點。一部文學史的建構，其實就是文學批評的實踐。容許或拒絕某位作家進入歷史，是相當武斷而粗暴的。如果文學史家閱讀不廣，或在審美時稍一失神，很有可能錯過重要作品。然而，文學史不是百科全書，也不屬於文學辭典，不可能照單全收。在寫史過程中，必然有所割捨，終而決定誰進來或誰不進來。正是在這樣的進退之際，一位史家所彰顯出來的，不只是史觀而已，更多的是藝術上的美學觀。文學書寫中，往往會發現特定的流派、思潮、美學，浮沉於歷史長河裡。流派與思潮，意味著美學價值的相互接近，也意味著某些文學之間的相互傳染。宗派或集團並不等於影響論，卻也很有可能造成血統遺傳。文學史上誰受誰的影響，是一個重大課題，必須透過反覆的閱讀、比較、衡量、斟酌，才有可能得到斷論。

當作家建立一定的藝術地位時，散發出來的影響力，就好像血統的遺傳那樣，很難讓同代或隔代的作家輕易躲避。特別是作品升格為典律時，往往成為書寫範式。其中的語法、句型、審美、品味、風格，就好像腳印那樣，在文學道路上留下鮮明的痕跡。稍有自覺的作家，都努力躲開，另闢蹊徑。抵抗力較弱的作家，則很有可能因循前人的足跡邁進。成一家之言，始終是作家的最高夢想。但是在成長過程中，在建立美學原則之際，或多或少都會以特定作家為榜樣。先受到啟蒙或影響，等到羽翼豐滿之後，再單獨遠走高飛。這樣的例子，在文學史上可謂不勝枚舉。凡是從事文學批評者，在定奪影響論時，必然是恐懼戒慎。特別是在現代文壇上，批評家立下結論之前，需要在兩個作家之間考察相關的特性。小說與散文的影響論，比較難以一眼識破。但是在詩史上，則屢見不鮮。由於詩的文字非常濃縮精煉，音色、節奏、意象往往具備特殊技巧。一旦被襲用時，就很有可能讓讀者發現。

台灣文學史上最受矚目的影響論，便是王德威教授所提的「張腔小說」系譜。在《落地的麥子不死》[1]一書中，王德威在書前代序的題目是〈張愛玲成了祖師奶奶〉，指出她的小說魅力，「不只出於修辭造境上的特色，也來自於她寫作的姿態，以及烘托或打壓這姿態的歷史文化情境。」他把台灣女性作家施叔青（1954-）、朱天文（1956-）、

1 王德威，《落地的麥子不死》（濟南：山東畫報，二〇〇四）。

朱天心（1958-）、鍾曉陽（1962-）、蘇偉貞（1954-）、袁瓊瓊（1950-）、三毛（1943-1991），以及男性作家白先勇、郭強生（1964-）、林俊穎（1960-）、林裕翼（1963-），都納入這個系譜裡。王德威的洞見，可謂史無前例，使所有文學批評家不敢忽視。王德威所注意的張腔特色，陰森色調、俏皮語氣、潑辣修辭、淒清冷豔、自嘲嘲人、蒼涼手勢等，都分別在系譜的作品中找到蛛絲馬跡。王德威的說法，幾乎成為文學史上的定論。

布魯姆　© Nancy KaszermanZUMACorbis

風格上的接近，當然是尋找影響軌跡的重要媒介。在詩史上，常常可以聽到來自重要詩人的影響，例如抒情的楊牧風、禪意的周夢蝶風、超現實的洛夫風、或陽剛霸氣的余光中風，往往在批評文字裡面浮現。這種一筆帶過的提法，恐怕需要更仔細的精讀，才有可能建立扎實的影響論。

在西方批評史上，把影響論整理出一個體系，並且分析其中神祕與奧妙的，當推哈羅德・布魯姆（Harold Bloom, 1930）所寫《影響的焦慮：詩的理論》（*The*

Anxiety of Influence: A Theory of Poetry）[2]。這本著作的出現，使後結構理論的具體實踐獲得一個堅實據點。在西方文學史上，影響論一直占有相當份量。當作家公開撇清自己受到任何影響時，這種態度就是影響焦慮的典型例子。布魯姆引述王爾德（Oscar Wilde, 1854-1900）對於影響論避之唯恐不及，王爾德說：「影響一個人，就是把自己的靈魂給了他。他的思考，再也不是他天生的思想，再也不是以天生的熱情燃燒。他的美德，不再真實。他的原罪，如果真有原罪這東西，也是剽竊而來。」王爾德的抱怨，正好可以理解他對影響論是何等敏感，又是何等苦惱。

布魯姆認為文學上的影響，不全然都是屬於負面的價值。他反而堅信，詩的影響，並不必然會損害詩人的原創性。恰恰相反，詩的影響有時會使詩人更加富有原創精神。他認為，詩的影響不能只強調負面的部分，那是一門奧妙的學問。一個強勢詩人（stronger poet）能夠運用各種方式，把他所吸收的前人文學作品，轉化成為他個人的資產。拒絕閱讀別人的作品，可能造成一定程度的戕害。真正的強勢詩人，在前人的陰影

---

[2] Harold Bloom, *The Anxiety of Influence: A Theory of Poetry*. (New York: Oxford University Press, 1997).

下，都會擁有神性的優先權（priority in divination），那是一種先見之明，否則將注定成為次要詩人。具有實力的詩人，隨時都會與真正的藝術展開鬥爭，而這樣的鬥爭，便具體表現在他們的閱讀方式。接觸前人的作品時，強勢詩人通常都會採取一種修正比例（revisionary ratios）。稍微修正一下對作品的理解，就有可能產生新的意義。先驅詩人的作品，具有「自然秩序的優先」與「精神秩序的權威」，凌駕在後人的創作之上。後來的詩人，如何掙脫這種先天的宰制，正是利用各種閱讀的策略。布魯姆特別提出「誤讀」一詞，說明後來者面對前人作品時，以修正主義策略來對付前人藝術的優先與權威。

以誤讀來對抗影響

「誤讀」一詞的提出，是為了解釋詩人與詩人之間的微妙傳承關係。所謂誤讀，指的是沒有標準的閱讀方式。從符號學來看，意符與意指之間的關係從來是不確定的。索緒爾指出，意符與意指的連結，本來就是隨意而專斷。這是索緒爾最基本的語言學概論，這種語言結構的發現，開啟了日後無窮盡的各種閱讀方式。索緒爾至少還承認文字與意義的邏輯關係，但是在後結構理論崛起之後，特別是德希達對語言學的挑戰，非常精確指出符號不可能產生意義，而是產生更多的符號。德希達的說法，等於鬆動了意符與意指之間的穩定結構。特別是他提出延異的概念，說明符號可以不斷延伸出去，距離最初的符號差異，只會越來越大。

在這樣的基礎上，布魯姆更進一步運用在誤讀的實踐，每經一次誤讀，就會創造更多的歧義性。他特別指出，詩史上的每個時代，總會出現一些強勢的詩人。他們對自己建立的美學，頗具信心，而且對於措詞用字，可以操縱自如。縱然面對前個世代的創造者，他也敢於採取叛逆的態度。這種強勢詩人扮演著父親形象（father figure），並且把他的人格加諸在後人身上。這種人格與風格的轉移，便是具體的文學影響。

布魯姆是西方詩史浪漫主義傳統的強悍辯護者，他寫過重要詩人的藝術評價，包括雪萊、葉慈（William Butler Yeats, 1865-1939）、史蒂文斯（Wallace Stevens, 1879-1955）。他自承是希伯來文化的信奉者，以自己的猶太血統為傲，貶抑基督教信仰者艾略特的現代主義詩學。他建立起來的浪漫主義詩史的影響論，對文學批評的衝擊，可謂至

葉慈

深且鉅。他指出，新起的詩人往往帶著某種焦慮，深怕受到前輩詩人的影響，活在不同程度的憂鬱裡。詩人之所以想寫，是因為閱讀了他所崇拜的前行詩人，卻發現他們都已經寫過他想說的。為了克服心理上的障礙，便企圖說服自己，前行者在為萬物命名時有所錯誤，視野也有所偏差，從而開啟某種可能性，使他還有餘裕可以為傳統添加新的事物。他對前輩詩人的崇拜，轉而形成一定程度的對抗。這種對抗，逐漸變成一種修正的努力。

修正論（revisionism），或指閱讀的校正（alignment），乃是布魯姆對文學批評的重要貢獻。他提出，新起詩人在閱讀前人作品時，會以各種不同閱讀策略來抵禦滲透而來的美學影響。他舉英國詩史家貝提（Walter Jackson Bate, 1918-1999）為例，藉其專著《過去的負擔與英國詩人》（*The Burden of the Past and the English Poet*）[3]，來說明英國十七、八世紀詩人在心理層面的挫折，只因為他們無法企及前人的詩藝成就。循此歷史軌跡，布魯姆企圖追蹤詩人的心理過程，發現有些詩人突破了前人設下的拘囿，而完成他個人獨到的詩學成就。對於這樣的事實，布魯姆刻意區分詩史上兩種不同的詩人，一種是強勢詩人（strong poet），具有能力展現強勢誤讀（strong misreading）；一種是弱勢詩人（weak poet），只是因循前人的藝術觀念，一如遵照教條那樣。

強勢詩人對前人作品的閱讀，是經過一連串的誤讀與修正。各種誤讀，常常帶來全新的解讀，從而創造新的意義。對於誤讀策略，他提出六種模式：

㈠偏移式誤讀，或稱「克里納門」（Clinamen）。

㈡對反式閱讀，或稱「德瑟拉」（Tessera）。

㈢拋棄式閱讀，或稱「克諾西斯」（Kenosis）。

㈣妖魔化閱讀（Daemonization）。

㈤淨化式閱讀，或稱「阿斯克西斯」（Askesis）。

---

[3] Walter Jackson Bate, *The Burden of the Past and the English Poet* (Cambridge, Mass: Harvard University Press, 1970).

㈥召魂式閱讀，或稱「阿波佛列底」（Apophrades）。

布魯姆引述馬羅（André Malraux, 1901-1976）的話說：「每個年輕人的心，就是墳地，銘刻著千萬死去藝術家的名字，但實際的進駐者，只是幾位強悍的、難以相容的鬼魂。」真正的強勢詩人，一定有能力淘汰掉前人的作品，當他遇到另一個強勢詩人時，就會進行誤讀的實踐。他說：「這種誤讀，是一種創造性的校正，也就是一種誤譯。」他更進一步指出，詩的影響，是一部焦慮與自我拯救的歷史，也是歪曲與誤解的歷史，更是隨心所欲的修正歷史。經過層層的偏移、校正、修訂，終於使一個成熟的作品誕生。布魯姆用典的方式相當古老，他嘗試從西方思想史、哲學史或文化史上的某些專有名詞來解釋現代人的閱讀方式。Clinamen語出雅典哲人的觀念，意味著原子意義的偏移（swerve of the atoms）。後期的詩人，在閱讀前人作品時，只要偏移方向一點點，就會

馬羅

造成歧義性，並且順著後期詩人的思維，而產生新的意義。Clinamen意味著在閱讀之際，就像射箭那樣，刻意不要準確中的。縱然沒有射進靶心，卻距離目標不遠。這樣的閱讀等於還是圍繞在作品核心，而只是偏離一點點，因此可以產生新的意義。

第二種誤讀的策略是對反式的閱讀。德瑟拉，是指一種馬賽克的瓷片，以對稱卻背反的方式羅列出來的圖案。後起的詩人，如果要變成強者的話，就必須具有智慧與能力去創新。面對前行的強勢詩人，如果企圖掙脫影響的焦慮，可以採取對稱而背反的方式，接續前人的作品，完成新的詩作。所謂對稱而背反，正如在鏡像裡看到一模一樣的本人，但左右正好相反。布魯姆舉美國詩人史蒂文斯為例，他繼承美國抒情的開山始祖詩人惠特曼（Walt Whitman, 1819-1892）的藝術精神，以對稱而背反的技巧來接續前人的詩作。布魯姆指出，史蒂文斯使用壓縮（reductiveness）的方式，使篇幅較大的作品以更精練的形式出現。所謂壓縮，其實也是一種

惠特曼

誤讀，讓前人的魂魄轉換成另一種簡單的面貌。無論是史蒂文斯對惠特曼，或英國詩史上雪萊對勃朗寧，都竭盡心力來校正前人的作品。就好像兒子對父親那樣，不甘一成不變地繼承，而使用更確切而精準的文字，來改造陳舊的靈魂，一個新生命便宣告誕生。

第三種誤讀的策略是放棄式閱讀，亦即克諾西斯式的誤讀。Kenosis，是希臘語，是指耶穌基督暫時放棄祂的神性，以人的姿態，尤其是以僕人的姿態現形，讓自己完全臣服於天父之下。這段引文出自《聖經》的腓力比書第二章，耶穌基督「既有人的樣子，就自己卑微，存心順服，以至於死，且死在十字架上」。這段話運用在詩學上，可以發現每位詩人都擁有自己的靈魂。但閱讀前人的詩作時，詩人傾空自己的內在魂魄，心存謙卑，虛位以待。當閱讀者降低自己的身分時，也同樣把前驅詩人降格。布魯姆得到一個結論，凡有前驅者之處，便有新人出現。表面上，新人好像在傾空自己，其實是以不連續的模式，傾空前人的神性。布魯姆特別強調，在修正的意義上，克諾西斯的誤讀方式，好像是一種自我放棄的行為，卻反而獲得神性。

第四種的誤讀策略是魔鬼化（daemonization），正好與前一個的神性化形成對比。如果通過自我貶抑的方式，可以通往神性，那麼妖魔化前人，則可以完成逆崇高的過程。如果克諾西斯是虛位以待，則魔鬼化便是主動介入前人的作品。削弱被神格化的魅力與榮光。布魯姆說：「在我詩裡父親之我所存在的地方，就應該有我之我。」具體而言，便是把自己的作品與父親影像的詩混融在一起。如果克諾西斯是一種轉喻的手法，則魔鬼化屬於顛覆的手法。

第五種誤讀的策略是淨化式閱讀，或稱「阿斯克西斯」。這種淨化是為了美學上的信仰，詩人進行自我控制或自我訓練。那是一種靈魂昇華的過程，通過前人作品的閱讀，協助自己的創作，達到更高層次的美學。布魯姆說，在史蒂文斯身上，可以看見整個浪漫主義傳統的淨化式閱讀。而華茲華斯（William Wordsworth, 1770-1850）是濟慈（John Keats, 1795-1821）的昇華，愛默生（Ralph Waldo Emerson, 1803-1882）是惠特曼的昇華。

愛默生

第六種誤讀的策略是召魂式閱讀，或稱「阿波佛列底」。在西方詩史上有一個非常鮮明的特質，便是死者的不斷回歸。一位強勢詩人在面對前人作品時，可以看見父親影像的缺陷與弱點，這種美學上的不足，恰恰就是後來的詩人要努力填補的。如果淨化式閱讀是為了達到昇華，招魂式閱讀則是為了進行內在的自我投射。具體而言，一個強者詩人的誕生，必須通過許多前人作品的閱讀，接受死者靈魂的考驗，而終於找到自己的美學高度。

布魯姆整本書所提的影響焦慮，其實都借用自佛洛伊德的焦慮理論，並且也運用心理學的防禦機制，以保持真實的自我精神面貌。或者更進一步來說，影響焦慮所延伸出來的誤讀策略，其實就是佛洛伊德所說的伊底帕斯情結（Oedipus complex）。這是一種弒父的行動，最後建立自己的權力地位。在文學史上，前行代作者的靈魂，往往以不同的形式回歸。如果被死者的靈魂占據，則作品只是一種模仿而已。為了避開模仿或重複的窠臼，後代的詩人必須不斷進行自我檢查，這種內在反省的過程，便是一種弒父的實踐。如果父親影像過於龐大，詩人必須想盡辦法不要活在陰影之下。因此在閱讀前人作品時，就必須透過種種誤讀策略，來完成自我的書寫行動。布魯姆說，所有的閱讀其實就是誤讀，那是一種延遲的實踐，也是一種翻譯的行動。既然是翻譯，就沒有標準答案。Misreading也可以譯成歪讀、倒讀、偏讀，不一而足，無疑都指向閱讀策略的無限可能。

英國左翼文學批評家伊格頓，對於布魯姆《影響的焦慮》這本書表示非常不滿。因為布魯姆對於歷史批評（historical criticism）全然不顧，而只是把文學作品抽離社會脈絡，進行唯美的批評。所謂歷史批評，必須把文學作品置放在政治、經濟、社會的結構中，來考察作者在進行創作時的物質基礎。如果只是借用佛洛伊德有關焦慮的理論，或只是借用伊底帕斯情結來解釋詩史，等於是全然不顧詩所容納的文化意義。伊格頓的批評有他一定的意識型態立場，但不能完全否定布魯姆在詩學上的貢獻。影響的焦慮也許在詩學方面表現較為清楚，但如果進入小說或散文的領域，這種影響焦慮或許比較難以偵測。然而布魯姆對於詩史的如數家珍，不能不使人發出驚嘆。

第二十章

管窺女性主義理論

兩個女性主義文本

女性意識的崛起，絕對與資本主義的高度發達息息相關。自十九世紀中葉西方發生工業革命之後，女性也開始投入勞動生產的行列。歷史上的女性，從此開始有離家生活的經驗。在勞動市場裡，女性工人第一次發現，她們的工資永遠低於做同樣工作的男性勞工。她們也發現，凡有升遷時，男性勞工永遠取得優先機會。她們在家庭受到丈夫的欺負，總會覺得自己的命運不好。然而，到工廠工作之後，也察覺自己受到男性欺壓。她們終於覺悟，受到男性的貶抑與排擠，原來不是個人的宿命，而是文化與制度的問題。

女性意識，便是在社會制度長期的壓迫之下而逐漸覺醒。過去在家庭的地位不高，或許只是個人命運的不幸。如今離家工作之後，才了解天下所有女性都處在劣勢、邊緣的地位。集體的女性意識終於匯集起來，形成一股沛然莫之能禦的抗拒力量。從十九世紀中期，陸續有女性提起筆桿呼籲有關女性福利的問題。至少到一八九一年，就已經出現婦女就業保護聯盟（Women's Employment Defence League）。所謂第一波女性主義

（first-wave feminism），指的是從這段時期開始，到一九六〇年代後結構女性運動誕生之前的萌芽階段。

第一波女性主義的最大成就，便是大部分工業國家，包括英國、德國、法國、美國、加拿大，次第通過女性擁有投票權（suffrage）的法案。這個階段的女性運動者，期待通過立法來保護她們的權益。但是事與願違，所有當選的立法者，進入議會之後，卻遺忘女性的訴求。她們擁有投票權，不僅沒有伸張原來的意願，反而給男性傲慢的權力支配背書。一九六〇年代，後結構主義的思考崛起之後，使女性主義運動者獲得前所未有的啟發。原來歷史上男性對女性的支配，並非存在於政治權力的支配與制度而已，而是存在於自古以來的知識論（epistemology）裡面。這種知識論的解構，始於索緒爾的語言學，由德希達、羅蘭．巴特、傅柯等後結構思想大師予以挖掘、發揚之後，才真正發現知識的奧秘。

德希達認為，人類知識的起源，或確切地說，男性知識論的基礎，都是由語音與書寫所構成。所有符號的誕生，往往挾帶著知識建構者的偏見。隨著知識的傳播，這種偏見也在無形中滲透到讀者的思考。德希達特別指出，所有符號本身都沒有具體的意義，符號能夠產生意義，完全由創造者與使用者的因循與繼承所造成。如果相信符號書寫中存在著真理，那是一種理體中心論；如果相信語音裡面存在著真理，那就是一種語音中心論。德希達這樣的見解，對女性主義者，帶來前所未有的衝擊。原來知識的奧祕，完全沒有神祕可言。只不過是由男性創造符號，從而由符號建構知識。同時依賴教育的傳播，使這種充滿男性偏見的知識放諸四海而皆準。所謂父權（patriarchy），所謂男性中心論，完全是藉由知識的優勢，在家庭，在社會，對所有女性發號施令。

第二波女性主義（**Second-wave feminism**）始於一九六〇年代，就不是令人訝異的事。伴隨著後結構主義思考的展開，女性主義者不再只是停留於選舉權與參政權的爭取，而是進一步思考傳統知識論究竟在什麼地方出錯。法國女性主義者開始從語言結構切入，果然帶來了極大的知識風暴。在這階段，兩個重要的女性主義文本值得注意：一是凱特・米蕾（Kate Millett, 1934）一九六九年的《性政治》（*Sexual Politics*）[1]；一是西蒙・波娃一九七二年的《第二性》。這兩本經典，意味著女性意識的覺醒已經宣告成熟。

《性政治》展開了女性的再閱讀策略，針對四本男性作者所寫的情色文學，仔細考察小說文本中的權力位置。她以勞倫斯（David Herbert Lawrence, 1885-1930）的《查泰萊夫人的情人》（*Lady Chatterley's Lover*）[2]、亨利・米勒（Henry Miller, 1891-1980）的《北回歸線》（*Tropic of Cancer*）[3]、《南回歸線》（*Tropic of Capricorn*）[4]、諾曼・梅勒（Norman Mailer, 1923-2007）的《裸者與死者》（*The Naked and the Dead*）[5]、尚・惹內（Jean Genet, 1910-1986）的《繁花聖母》（*Notre Dame des Fleurs*）[6]，作為她批評的文本。米蕾這部經典提供了一個文學批評的範式，也就是把讀書市場耳熟能詳的男性作品，進行一次徹底的再閱讀，從而找出小說情節中男性權力如何氾濫，以及女性如何受到使喚與支配。她的策略，完全沒有祕訣可言，而是採取再閱讀的態度，一一找出小說中的性關係裡，女性如何使出各種取悅的方式，來獲得男性的歡心。

---

1 Kate Millett, *Sexual Politics* (Urbana: University of Illinois Press, 2000).
2 David Herbert Lawrence著。葛萊棋譯。《查泰萊夫人的情人》（*Lady Chatterley's Lover*）（台北：好讀，二〇一一）。
3 Henry Miller, *Tropic of Cancer* (NY: Grove/Atlantic, 1994).
4 Henry Miller, *Tropic of Capricorn* (NY: Grove Press, 1961).
5 Norman Mailer, *The Naked and the Dead* (New York: Rinehart & Company, 1948).
6 Jean Genet, *Notre Dame Des Fleurs* (French: French & European Pubns, 1976).

米蕾曾經參加過六〇年代的學生運動。在參與過程中，她訝然發現，同樣是並肩抵抗鎮暴警察的水柱，幾乎可以說是與男性平起平坐，但是到了與警察談判的階段，所有女性都被排除在談判桌外。這使她非常震驚，以為運動中最前進的男性同學，一定非常尊重女性，未料牽涉到權力關係時，男性自我中心的尾巴便流露出來。女性的再閱讀能夠蔚為風氣，可以說始於米蕾的批評實踐。透過再閱讀，她終於得到結論，性宰制是最為具體可見的意識形態，也是男性權力支配的基本範式。文學史上所有的愛情故事，其實都是男性依照他們的慾望與想像延伸出來。歷史上所有的女性形象，都是依照男性的需要而量身訂造。這種見解，無疑是劃時代的，突破了過去知識論上的極限。在某種意義上，薩依德所寫的《東方主義》，可能或多或少也因為這本書的思維方式而得到靈感。就像米蕾所說，女性是男性想像出來的；薩依德認為，「東方」是由西方帝國所想像出來。畢竟，米蕾與薩依德的學術活動都是以哥倫比亞大學為中心，而他們也都同樣受到後結構主義思考的影響。

西蒙．波娃所寫的《第二性》，基本上帶著社會主義的左派立場。一九六八年，法國發生巴黎學潮時，所有歐洲的知識分子都參加了這場前所未有的運動。法國所有的後結構主義者，如阿圖塞（Louis Pierre Althusser, 1918-1990）、羅蘭・巴特、德希達都在行列裡。走在抗議隊伍最前面的，就是沙特與波娃。經過那次學潮，這兩位二十世紀知識、思想上的前鋒，開始退居歷史舞台，畢竟他們的價值判斷與後結構主義的年輕思想家有了顯著差異。《第二性》可以視為波娃對女性思考的最後回眸。在這本書裡，她說了一句名言：「一個人，不是天生就是女人，而是逐漸變成女人」（One is not born, but rather becomes, a woman）。具體而言，在社會化的過程中，女人是從男性的規範裡，慢慢形塑成為權力所要求的形象。在成長的道路上，特別是接受教育時，許多客觀的要求都內化成為女性的特質。具有批判意識的波娃，在爭取女性權益之際，把性別壓迫轉化成為階級壓迫。這是最典型的左派思維。她的思考方式，使女性運動從改革階段進入了革命階段。

把米蕾與波娃並置互觀，可以看出新舊世代的交替。經過一九六八的巴黎學潮，左派階級鬥爭的思考，似乎無法使女性運動往前再進一步。畢竟，整個馬克思主義的經典中，完全沒有把女性的身分考量在內。把階級議題轉化成為性別議題，根本不能觸及長久以來知識論的核心。因此，學潮以後的女性主義運動，便開始與後結構思考結合起來。米蕾的專書有她的侷限，日後的女性主義理論就必須由新一代的法國女性知識分子來領導。

性政治與文本政治

在性別研究已經蔚為風氣的今天，還在討論女性主義理論似乎有些不合時宜。不過，就文學批評的進展而言，一九六〇年代崛起的女性主義，基本上是由後結構思考擴張並延伸出來。後結構主義的思維方式，已經避開現實社會的政治結構與制度之反思，而進一步從知識論裡面所埋藏的男性權力進行挖掘、分析、批判。具體而言，後結構主義在於突破傳統兩元論的迷思。從而進一步解構所謂的文化主體性，認為主體的內容從來不是單一的，而是多種不同元素所構成。因此，在主體內部的不同元素或成分，都有其差異性。而這樣的差異性，正是女性主義念茲在茲的議題。

依蓮・蕭華特（Elaine Showalter, 1941-）的女性文學史《她們自己的文學》（*A Literature of Their Own*）[7]，出版於一九七七年。這本書是女性知識論（feminist epistemology）建構的第一步，她一方面從歷史上的女性文本逐步串聯起來，一方面則開始檢討女性特質與女性美學是如何建立起來。這本書特別提到歷史上的女性作家是如何誕生，她以陰性的（feminine）、女性的（feminist）、女人的（female）三個階段解釋。所謂陰性的，是指空白、被動、等待命名的意思。有史以來，女性從來沒有獲得任何空間從事文學創作。因此，在書寫的最初，也就是陰性的階段，女性作家大概都是以男性文學作為模仿的範本。透過模仿，或許複製了男性的書寫方式與思維模式，因此尚不足以構成女性主體。但是，經過一段時間的模仿，具有創作慾望的女性，顯然已經不耐於仿效男性作品的風格。在創作之際，慢慢流露不滿與抵抗的意念，開始嘗試摸索屬於自己的美學。這種具有批判意識的創作，慢慢出現了女性本身的特質。等到創作成熟之後，女性創作者不再以男性作品為榜樣，也不再表現抵抗與批判的態度。凡是她所寫出來的，就完全屬於自己，而那就是女人的文學。蕭華特的史觀，足以解釋女性文學誕生的艱辛。蕭華特對於英國女性作家維吉尼亞．吳爾芙的評價，似乎有很大的保留，甚

[7] Elaine Showalter著。《她們自己的文學：從勃朗特到萊辛的英國女性小說家》（*A Literature of Their Own: British Women Novelists from Brontë to Lessing*）（北京：外語教學與研究出版社，二〇〇四）。

至帶有諷刺的意味。但無可否認，吳爾芙在英國文學史上所建立起來的女性文學地位，至今仍然不容忽視。

一九八五年，托莉．莫伊（Toril Moi, 1953-）出版的《性／文本政治：女性主義文學理論》（*Sexual/ Textual Politics: Feminist Literary Theory*）[8]，是一本全面性檢討英國與法國女性主義的重要讀物。作者撰寫此書之初，是為了提供大學生完整認識女性主義的入門。但是出版之後，無論從她的視野、解釋、分析與立場來看，這本書已經成為重要經典。作者夾敘夾評，在導論中對於蕭華特對吳爾芙的貶抑，開始進行拯救的工作。這是兩位女性主義者，藉由對吳爾芙文學的解讀，展開兩種不同的批評範式。

蕭華特是深受左派批評家盧卡奇影響的女性主義者，她認為吳爾芙的《自己的房間》（*A Room of Her Own*）充滿了過多跳躍的敘述。往往出現重複、誇飾、諧擬的情節，而且使用多重角度的敘述觀點，反而使女性主體隱沒不見。蕭華特所訴諸的文學理論，是以寫實主義的美學為基礎，而這正是盧卡奇所強調的左派寫實主義。具體而言，蕭華特似乎是從階級觀點來解讀吳爾芙文本，強烈暗示吳爾芙並沒有為更廣大的女性發言，而把自己鎖在資產階級的生活情境裡。以寫實主義觀點要求女性作家的創作，必須具有社會性與整體性，比較可以反映一個偉大時代的美學。確切地說，馬克思主義者所要求的文學，必須是作家與社會之間不斷產生互動與對話，而最終目標在於呈現一個時代的心靈。

莫伊企圖指出，蕭華特的文學詮釋，其實是照搬盧卡奇的理論。或許，文學可以彰顯特定的階級立場，但是這樣的解釋，似乎又使女性的詮釋落入了男性觀點的窠臼。性別立場與階級立場，並非不能互通。從階級立場來看，歷史上的女性，無論在政治權力、經濟利益、知識傳播的過程中，可以說是全面受到貶抑。在一定的意義上，女性可以說比無產階級還要無產階級。然而，在整個馬克思主義的論述裡，包括盧卡奇在內的左派知識分子，似乎從來沒有在他們的思考中找到任何女性的位置。左派理論，基本上都是屬於大敘述，在強調階級解放之餘，在強調無產階級專政之餘，女性身分從來沒有納入考量。莫伊對蕭華特的批評，顯然已清楚察覺借用盧卡奇理論的侷限性。

莫伊為吳爾芙的辯護，則是沿著後結構主義的詮釋策略切入。她發現，吳爾芙的小說裡，使用了許多游移不定的書寫方式，來表達女性在現代社會的難以自我定位。她指

---

[8] Toril Moi著。王奕婷譯。《性／文本政治：女性主義文學理論》（*Sexual/ Textual Politics: Feminist Literary Theory*）（台北：巨流，二〇〇五）。

出，吳爾芙的文本充滿了意義的不確定性，而這正是引來蕭華特詬病之處。但是，如果藉用德希達的解構觀點來看，吳爾芙的小說其實暗藏無窮意義的能量。莫伊不憚其煩重新演練德希達的論點指出，語言結構最迷人之處，莫過於文字（符號）所放射出來的意義，就像德希達說的「延異」，可以無限延伸下去，而且不斷產生歧異性。吳爾芙小說人物的不確定主體，無須以之為病，反而使作品的意義更加繁複。

莫伊拯救吳爾芙小說的另一策略，便是回到現代主義美學的潛意識層面予以辯護。她指出，吳爾芙熟悉佛洛伊德的心理學，他們相互認識，也見過面。因此，她的作品滲入太多潛意識或無意識的流動想像，其實並不令人感到訝異。從精神分析的視角來看，人的主體是由有意識與無意識混合揉雜而成的生命；並且有意識的部分所占比例甚小，構成主體觀的因素，大多來自無意識的影響。如果只強調有意識的自我，顯然是相當危險的事。潛藏在無意識世界的慾望、想像、記憶、情緒，來源極其複雜。它對有意識層面的影響與衝擊，簡直無可估量。無意識世界受到外在政治、經濟、社會、文化的各種壓力，都足以造成多樣的價值判斷，不是簡單使用主體性一詞就可立判分明。用簡單明瞭的閱讀方式看待吳爾芙，很容易做出錯誤解釋。莫伊對於蕭華特的解讀方法，頗不以為然。把吳爾芙的小說拿來與客觀現實一一對應，亦即以寫實主義作為鑰匙，距離她的文學世界只有越來越遙遠。

身為女性主義者的莫伊，也是現代主義的雄辯者。她支持克莉斯蒂娃的論點，認為現代詩語言是一種潛力無窮的革命性演出。現代詩的斷裂式語言，那種突兀的轉折、切斷、跳躍、懸空、跌宕，非常貼近身體不規則的韻律，也與無意識世界的失序遙遙呼應。只有使用這種強烈象徵性的技巧，才有可能挑戰世俗社會的所謂理性防線。湧自內心深層的語言，不受既定規範的拘囿，足以暗示一個強悍的社會革命。在父權統治的世界，在講求秩序、倫理、規矩的環境裡，男性順理成章獲得了權力控制。從這觀點來看，吳爾芙無邏輯的書寫，在一定程度上，是對男性的理性世界表達了最強烈的抗議。

所謂主體的建構，若是依照男性的語言秩序來書寫，仍然還是落入男性文學的附庸。如何創造自己的語言，保留自己的聲音，從而建構屬於女性的知識論，正是後結構女性主義者念茲在茲的重要議題。從性政治，發展到文本政治，可以讓我們發現女性的主體思維走了有多遠。

第二十一章

女性研究的文化意義

女性主義者與德希達的解構思維

在女性主義理論中，語言學的研究變成一個關鍵點。有人類歷史以來，文化活動的各個層面，包括政治、經濟、社會、教育的各個層面，所有通行的語言都是由男性來發聲。只要使用這樣的語言，就會落入男性價值觀念的窠臼。當女性開始接受教育時，不知不覺中就受到男性聲音的洗禮與薰陶。只要受教育越高，被男性價值觀念的牽制就越深。縮小範圍來說，所有的知識論其實都是由男性建構起來。透過教育的傳播，男性權力版圖的擴張就無遠弗屆。或更縮小而言，所有的文學閱讀，自始就挾帶著男性美學原則的支配。

索緒爾語言學的傳播，第一次帶來知識接受過程的重大衝擊。尤其他指出，意符與意指的關係是任意性的。這個論點，使人發現所有的文字，隨時都可以填補新的意義。同樣的，所有的意義也可以用不同的符號來表現。這項發現，對於文學閱讀帶來相當巨大的貢獻。作者在使用文字時，從來沒有察覺每個文字都已經被多少前人使用過。因此，當他創作時，自以為選擇了一個非常精確的文字，卻未意識到許多歧異的意義也挾帶進來。作者自以為他使用的文字獨一無二，但是讀者在閱讀時，反而發現更豐富的暗示、象徵與指涉。

文字的不穩定性，使得封閉的作品露出缺口。這也是羅蘭．巴特指出的，作者並不是他作品的最後詮釋者。因為所有的作者，都在運用過去好幾代人所使用過的文字。文字與意義之間的罅隙，使讀者找到介入的空間。進一步深論，文學史上所有的作家都是男性。他們透過作品的傳播，而達到鞏固父權體制的目的。作者的地位牢不可破，便意味著男性體制不動如山。在索緒爾的語言學基礎上，德希達更進一步指出，符號並不產生意義，反而是延伸出更多的符號。他的見解，使索緒爾的語言學受到挑戰。正如在討論德希達那章時，提到德希達所指出的，整個西方哲學史所談的真理，其實都只是文本而已，並未具體實現在現實社會。

沿著德希達的思考來看，整個西方的知識論之建構，都在鞏固所謂理性的思維方式。而理性，其實就是男性的代名詞。容許符號等於文本，文本等於知識，知識等於解釋這個世界，正好應驗德希達所說的理體中心論。依據理體中心論，男性對世界的解釋，建立了一套優先原則；意即男性優先於女性，西方優先於東方，白色人種優先於有色人種。這樣的文化位階（cultural hierarchy），便決定了這個世界的秩序。女性主義者，也在德希達的理論基礎上，補足更完整的思考。所謂理體中心論，一言以蔽之，就是陽具理體中心論。第二波女性主義的展開，無疑是在語言學上進行一場寧靜的革命。

一九六八年的巴黎學潮，正是女性運動的一個分水嶺。在此之前，女性運動者都在爭取選舉權，或爭取制度上的公平。經過半世紀以上的抗爭，她們才發現徒勞無功。如果知識教育或文學教育，停留在原有的模式上，則所有受教的女性，正好變成了父權思維的共謀者。參與學潮運動的女性，都表達了對舊有體制，舊有知識論的高度不滿。在示威遊行中，女性與男性同樣抵擋鎮暴警察的噴水柱時，顯示了新的世代已經開始有新的思維。但是學潮結束後，女性才發現與她們並肩作戰的男性，仍然指揮女性去做秘書或送餐點的工作。這個殘酷事實，使女性運動者不能不覺醒，原來革命的男性還是維持著舊有的價值觀念。而這樣的價值觀念，完全來自他們所接受的知識。

女性要展開她們自己的運動，就必須從語言與知識的抗拒開始，從而朝向女性知識論的建構而前進。在法國女性主義者中間，最值得注意的是伊蓮娜．西蘇。她從不自稱是女性主義者，而自認是女性運動者。她挪用德希達的理論，轉化成為女性解放運動者的思維方式。就像德希達質疑符號的優先原則，西蘇進一步剖析父權的二元思考。例如積極／消極、太陽／月亮、文化／自然、白天／黑夜、父親／母親、理智／情感、易理解的／易感的、邏輯／感覺。上面的每一個詞組，都是非常穩定的價值觀念。整個世界秩序，便是依照這種二元論（binary）而確立下來。

西蘇借用德希達的語言學理論，進一步鬆動男性持續鞏固的價值觀念。就像德希達指出，所有的意符或能指可能都是在場的（presence）。但是，延伸出去的符號則永遠是缺席的（absence）。他所指出的延異，包括兩個不同的意義，一個是差異（difference），一個是延宕（deferral）。這個觀念相當重要，意味著所有的符號既沒有原初（alpha），也沒有終極（omega）。更具體而言，在符號世界裡，並不存在任何超越的意符。例如，上帝、神，所代表的無上價值的符號。所有的創作者，都認為自己是原創者，幾乎把自己提升到上帝的位置。而所有男性作者，長期以來都相信他自己是他們創作的原初，也是作品解釋的終極。從延異的觀念來看，這完全是不可能的。作者絕對不是自己文本的來源與意義，從而把自己化為超越的意符。

德希達指出，整個西方哲學史所生產出來的意義，完全是奠基於在場形上學（metaphysics of presence），深深相信意義就存在於所有的文字或邏各斯。尊崇文本就等於尊崇作者，而尊崇作者就等於尊崇理體中心論。同樣的，尊崇理體中心論就等於尊崇男性中心論。如此完整的結構，密不通風，也完全把歷史上沒有話語權的女性，完全排除在外。德希達對優先原則的挑戰，進而鬆動兩元論的封閉結構，為後來的女性主義者開闢相當寬廣的道路。西蘇就在這個關鍵點，不僅打開歷史的牢籠，也打開了語言的牢籠。

西蘇提出陰性書寫一詞（Écriture Féminine），其靈感完全得自德希達的解構思維。便是利用符號的延異，找到文本的差異性。女性書寫應該朝著差異的方向前進，並且從事破壞的工作，使陽具理體中心論的邏輯完全鬆動，也進一步使封閉的兩元論完全剖開。有人類歷史以來，男性一直生活在既舒服又偉大的兩元論思考裡，西蘇便致力於突破這種男性神話的虛構性。

陰性書寫的提出

在文化裡劃分雄性（masculine）與雌性（feminine），對女性是一種陷阱，牢牢被固定在一個不得動彈的位置。為了突破這種僵化的兩元邏輯，她終於提出陰性書寫的觀念。她指出，所謂陰性書寫並不單純指女性作者的特質，在男性作者裡也同樣會有陰性的表現。這是一種相當具有突破性的解構，完全顛覆了傳統男性與女性的對立思考。她特別指出，一個簽著女性名字的文本，不一定就是陰性書寫，也很有可能是陽性書寫。同樣的，一個簽著男性名字的文本，也不必然就屬於陽性書寫，有時還具有陰性特質。這是非常具有革命性的提法，她主要指出，在生理上也許有男性與女性的區隔，但是在文本上，陽性與陰性其實是流動的。

她的重要作品《梅杜莎的笑》（*The Laugh of the Medusa*）[1]，特別攻擊腐朽的男女兩元觀。高度具有同質性的性別兩元觀，其實是刻意要把所有的差異性消滅。這種恐懼被閹割，恐懼失去完整，正是傳統男性作者的一貫脾性。西蘇特別提出，在傳統的男、

---

[1] Hélène Cixous, *The Laugh of the Medusa*, trans. Keith Cohen and Paula Cohen, Signs Vol. 1, No. 4. (1976), pp. 875-893.

女兩元對立的觀念之外，應該還有另一種雙性（the other bisexuality）的存在。另類雙性的觀念，是一種複數、多元的特質，永遠是在流動，永遠存在著差異，也永遠不被刻板印象所收編。她指出，女人可以接受雙性的觀念，而男人永遠把自己劃入單一的陽性意識。西蘇更進一步指出，這種雙性的書寫，永遠不可能理論化、疆界化、封閉化。反而可以超越陽具理體中心論，也可以超越傳統哲學所主宰的範疇。

她也指出，在男性的知識論建構上，非常偏愛區分（categorization）或分類（classification）或強調位階（hierarchy）或酷似命名（naming）。放在哲學、歷史或文學的領域，這種知識上的命名或概念，其實是在進行一種壓抑性的文字獄。如果女性跟男性一樣提問「這是什麼？」，就已經陷入男性式的質疑，無法掙脫命名或位階的封閉模式。男性把整個世界都視為他的占有物（property），他們非常害怕被剝奪（expropriation），害怕被區隔，或害怕失去，這都是閹割威脅的特徵。只有透過占有，在場的形上學才得以實踐。

西蘇思考的關鍵，便是容許女性聲音發抒出來。她耽溺於歷史上的女性故事，包括梅杜莎、安蒂岡妮（Antigone）、克麗奧佩托拉（Cleopatra），重新詮釋她們的歷史位置。女性書寫既不是初始，也不是終結，而是屬於中間地帶（in-between）的流動。她對於水的意象特別偏愛，那是屬於前伊底帕斯期（pre-Oedipus）的想像，還未進入拉岡所說的象徵秩序。水的意象包括海水、奶水，代表著廣闊而龐大的力量。女性沒有閹割的恐懼，因此不需要任何的防衛與壓抑。就像《梅杜莎的笑》所說：「我們就是海，沙，珊瑚，海草，海灘，海浪」，這些都是陰性的特質，就像母親的子宮那樣，舒適而安全。

另外一位女性主義者克莉斯蒂娃，也非常強調語言中的陰性特質。相對於西蘇所強調的語言流動性，克莉斯蒂娃則特別強調女性語言的異質性。她理論的一個重點，便是把拉岡的想像層（imaginary）與象徵秩序（symbolic order），轉化成為符號層（the semiotic）與象徵層（the symbolic）。雙方互動的過程，其實就構成了意符的過程。在重要著作《語言的慾望》（*Desire in Language*）[2]，她指出象徵層代表著，語言發展容許成長中的孩子變成說話主體，發展出一種身分認同，與母親正式分開，進入一個語言、

---

[2] Julia Kristeva, *Desire in Language* (New York: Columbia University Press, 1980).

巴赫汀

文化、意義、社會的世界。這種分離，就被稱為拋棄（abjection），換言之，進入了象徵秩序的層次。如果是男孩，就與陽剛、法律、結構聯繫起來。如果是女孩，則持續在符號層與象徵層擺盪，既接受又拒斥母親形象。

受到俄國語言學家巴赫汀（Mikhail Bakhtin, 1895-1975）的影響，她提出文本的互文性（intertextuality），認為一個文本內部，往往包含著若干文本變化的排列組合，構成文本的中間性。在特定文本的空間裡，也會與來自其他文本的幾種聲音相互交錯並中和。她強調互文性，在於取代互為主體性（intersubjectivity）。她認為，文本的意義，並非直接從作者傳遞到讀者，而是透過符碼（code）的過濾，告知作者與讀者。借用羅蘭・巴特的說法，互文性在於強調，文本的意義並不存在文本裡，而是由讀者在閱讀過程中產生，也在文本的複雜網絡裡產生。從來沒有穩定的文本，也沒有作者能夠從他們的思考中生產出來，而是從已經存在的文本重新編輯出來。文本從來不是孤立的、個別的存在，它完全是文化脈絡所編輯的。

對克莉斯蒂娃而言，她的閱讀一貫保持活潑的流動性，不願受到一定規矩的囿限。她也以同樣的態度來看待女性身分。她所重視的陰性特質，永遠是處在邊緣的位置。她認為「女人」的定義，一向就是由陽具理體中心論所規範。要顛覆這種男性所規範的位置，就必須先顛覆先驗的定義。她強調，女人所占據的位置具有邊緣的否定性與反對力量。所謂女人，是指那些不能被再現的，不能言說的，永遠位於命名與意識形態之外的一種生命。具體而言，在知識世界或現實世界所命名的女人，完全受到陽具理體中心論的支配。因此，女人必須站在邊緣位置，重新尋找自己的身分認同。在她的理論中，並沒有陰性（femininity），也沒有女人特性（femaleness）。一旦使用陰性一詞，就落入了陽性（masculinity）的對立面，從而又回到兩元論的圈套。她的論述策略首先是認同母親，也同時強調女性心理的前伊底帕斯時期。她刻意站在象徵秩序的邊緣，而所謂象徵秩序，便是認同父親，以及由父權所建構起來的身分認同。這種邊緣性，可以使女人處在一個自由選擇的空間，並且對根深蒂固的父權文化進行批判。如果陰性特質是被父權所定義的邊緣，則符號層便是處在語言的邊緣。

這是她與西蘇非常不同的地方，當西蘇在強調流動性時，克莉斯蒂娃則強調邊緣性。兩個人的說法雖互有出入，卻都指向一個重要的論點，也就是容許女性身分永遠不可捉摸，永遠滑脫於父權的掌控之外。更為深刻的是，克莉斯特娃堅持女性不要使用肯定的「be a woman」（就是女人），而應該使用進行式的「將是女人」（being a woman）。因為女人永遠都是正在生成（becoming），也永遠什麼都不是（never being）。她主張女人應該與主流族群劃清界線，而與被邊緣化的同志、猶太人、弱勢族群之社會不合宜者（misfits）相互結盟。

克莉斯蒂娃以abject來指稱被文化壓抑或邊緣化者。她說，被邊緣化的論述，往往見諸於瘋癲、非理性者、母性與性慾。這些都是主流社會所難以接受者，永遠處在所有體制的邊緣位置。她點出母性的時間，與象徵秩序裡的時間完全不同。在符號秩序裡，時間是重複的、循環的、永恆的。在象徵秩序裡，時間就像男性的歷史書寫那樣，總是依賴線性（linear）或連續性（sequential）的思維方式。這種貌似客觀、理性、正常的語法句型，其實充滿了壓抑性。而藉用旋律、聲音、顏色的書寫，容許突破性的句法與文法，徹底不接受壓抑。克莉斯蒂娃指出，一個受到解放的人，往往能夠見識到符號層與象徵層之間的遊戲，持續在秩序與失序之間不停擺盪。這正是她在經典著作《詩語言的革命》（*Revolution in Poetic Language*）[3]的重要論旨。語言所扮演的角色，竟有如此之重。

---

3 Julia Kristeva, *Revolution in Poetic Language* (New York: Columbia University Press, 1984).

第二十二章

後設小說改變了什麼

從寫實、現代到後現代小說

後設小說（metafiction）的meta是什麼？基本上，它含有之後或之外的意涵，意味著一種概念以抽象的方式來補足另一種觀念。例如形上學（metaphysics），指的是一種超越物質世界的哲理。有時可以在前，有時可以在後。在知識論裡，是描述知識的一種知識，也是描述概念的一種概念，更是描述認知的一種認知。這種層層相互包括的思維方式，既是一種解釋，也是一種對話。

後設小說在台灣文壇會成為風尚，就在於經歷了寫實主義與現代主義的洗禮之後，小說創作的範式似乎已經到達羅掘俱窮的地步。在已有的小說技巧上，開發另一種敘述訣竅，正是當代小說家的重要考驗。寫實主義小說在一九七〇年代鄉土文學運動蓬勃發展之際，就已經受到高度開發。所謂寫實小說，就是從創作者的立場觀看外面的世界，在小說人物與情節中，注入作者的喜怒哀樂。它的手法似乎像是一面鏡子，可以反映或倒影現實社會的真相。這種最素樸的技巧，也發生在三〇年代的中國文壇。作者的政治立場或意識形態，往往也滲透在小說的建構裡。所謂社會主義寫實，既有作者個人的政治批判，也有他主觀的家國認同。

相對於寫實主義的敘述手法，現代主義作家則是反其道而行，開始專注於觀看自己的內心世界。所謂內心世界，是指個人的無意識（unconscious）。儲存在無意識底層裡的慾望、情感、記憶、想像，是不輕易顯露於外的精神活動。這是一種內斂的文學創作，透過詩、散文、小說來描述心靈底層的情緒變化。現代詩與現代小說酷嗜描寫孤獨、苦悶、絕望的情境，從而對社會或外在世界表達一定程度的疏離。寫實主義小說偏愛頭、腰、尾的敘述模式，而現代主義小說則訴諸蒙太奇，倒敘法，或開放結局的說故事方式。

後設小說，則不同於寫實小說與現代小說的敘述策略。它是一種具有自我意識（self-conscious）的創作技巧，意味著小說的書寫過程中，作者從未忘記自我身分的存在。它不再是像寫實主義那樣，以主觀的立場來引導故事進行。它也不像現代主義小說那樣，容許故事隨著情緒變化而發展。書寫後設小說之際，作者好像同時掌控著兩、三個故事，彼此之間可以互相照映，互相對話。

寫實主義小說的技巧，是指作者根據現實來反映現實。也就是把小說當作一面鏡子，可以反映或倒映著作者所看到的社會現實面。因此，寫實主義時期的作家，大多抱持一種社會關懷的心情。作者所扮演的角色非常重要，他往往扮演一種批判的角色來影響讀者，愛其所愛，恨其所恨。到了現代主義時期，作家在面對現實時，反而可以使用個人的想像，來取代他所看到的社會。具體而言，現代小說是在現實基礎上虛構另外一個故事。他不再抱持反映現實的企圖，而是勇於以虛構技巧來描述自己的內心活動。作者並不直接影響讀者的價值觀念，而是抱持比較疏離的態度。

後設小說又進一步開啟新的寫作技巧，可以放膽地在虛構基礎上寫出另一個虛構的故事。作者所扮演的角色，不再是反映論者，也不是一個嚴謹的批判者。在小說書寫過程中，作者開始使用戲仿、諧擬、變造的種種手法，來完成一個故事。就像哈山（Ihab Hassan, 1925-）在《後現代的轉向》（*The Postmodern Turn*）[1]所說，現代主義時期的作品，都朝向一個特有的目的論（Teleology）。但是後現代小說，則慢慢把小說書寫變成一種遊戲（play）。這種遊戲之所以變成可能，歸根究柢，仍然還是來自語言的轉向（linguistic turn）。由於意符與意指之間的聯繫並不穩定，因此，所有的文字所產生的意義也不確定。特別是德希達提出延異的觀念之後，使得人們發現文字本身並不代表真理或事實。

後現代的小說創作者便是利用文字與意義之間的鬆動，開始大量填補他們的想像在創作裡。哈山在他的那篇重要文章〈後現代視野裡的多元主義〉（Pluralism In Postmodern Perspective），非常典型地指出一個新的思考方式已經出現。他以十一個名詞來解釋什麼是後現代，包括不確定性（indeterminacy）、斷片（fragmentation）、去典律化（decanonisation）、沒有自我（selflessness）、無可呈現的（the unpresentable）、反諷（irony）、混融化（hybridisation）、嘉年華化（carnivalisation）、演出（performance）、建構論（constructionism）、內在性（immanence）。這種後現代的特性，也投射到後設小說的實踐。當文字符號不再像過去那樣具有穩定的意涵，也不再具有真理或道德的支配位置，所有的知識結構都可以開始重新解釋，或重新建構，則後設小說的出現，就不是令人太過訝異的事。

1 Ihab Hassan 著。劉象愚譯。《後現代的轉向》（*The Postmorden Turn*）（台北：時報，一九九三）。

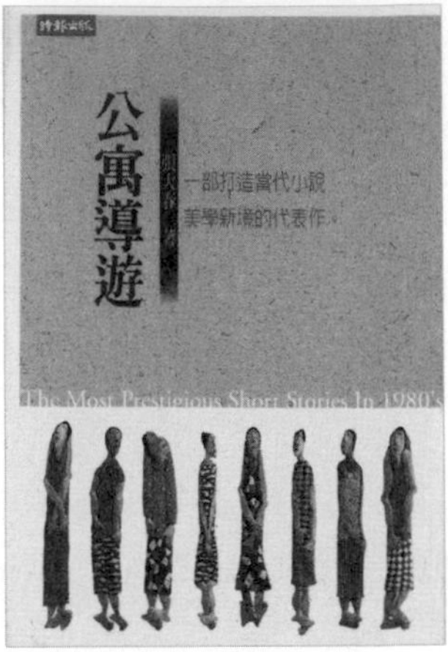

《公寓導遊》（時報出版提供）

後設小說的出現，也與新歷史主義的成立有密切關係。當歷史事實的權威性受到挑戰，則所謂史料、事實或檔案的解讀，也進入一個全然陌生的時期。換言之，歷史紀錄不再是決定人們記憶的唯一標準，在許多所謂的正史裡，在撰寫之初，就已經摻雜太多虛構的東西。畢竟，所有的事實變成文字之後，就已經形成虛構的歷史。這也正是德希達所指出，所有的書寫都是虛構。正是在文字與意義之間出現了罅隙，不僅讀者可以介入更多的想像，書寫者也更可大膽介入。

如果歷史不是線性發展，如果歷史不是連續發展，則在事實與記憶之間，可以開出不同的歷史書寫。新歷史主義強調，所有的歷史都是以多軸的形式在呈現，或是，一個歷史事實可以做不同的解釋。同理可證，小說家在書寫一個故事時，不必然要從固定的角度去呈現。過去的小說創作都稱為反映（reflection），如今則是以再現（representation）來書寫。

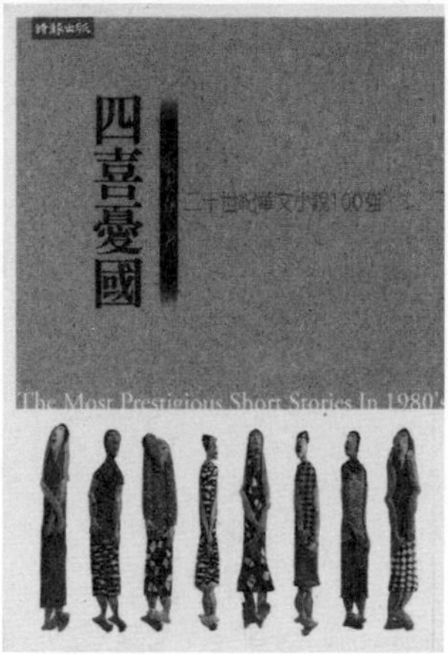

《四喜憂國》（時報出版提供）

理解這個基本道理，我們才能確認後設小說是可能的。過去的小說創作者，都相信亞里斯多德所提倡的三一律（Aristotelian unities, three unities），亦即時間的一致、地點的一致、表演的一致，為的是讓整個故事結構非常完整，不讓讀者產生懷疑或挑戰。現代主義小說家歐陽子在撰寫《秋葉》[2]時，便忠實地依據這樣的美學原則。這是一種自律性非常高的寫作策略，卻也高度限制了作者的想像。後設小說在於突破時空的限制，也在於突破演出的侷限。容許事實與虛構同時出現，一方面既可達到戲劇效果，另一方面則可以邀請讀者參與他的想像。

在語言學發生革命之際，在所有的知識典範發生動搖之際，全新的小說書寫策略，自然也受到強烈的鼓勵，而開始在事實與虛構之間，進行一定程度的鍛接。也在說謊與

2 歐陽子，《秋葉》（台北：爾雅，二〇一三）。

真理之間，展開對話與商榷。什麼是事實，什麼是真理，什麼是知識，都到了一個需要重新定義的時候。當所有舊的典範產生危疑時，一個合法性危機（crisis of legitimacy）的時代便儼然降臨。這種敘述的挑戰，不僅衝擊文學書寫，也衝擊了電影、戲劇、舞蹈的不同演出。長期以來，寫實主義所依賴的頭、腰、尾的敘述結構，很早就被現代主義書寫所挑戰。所謂倒敘法或蒙太奇的技巧，就已經嚴重挑戰了依照時間先後的敘事。如今，後設小說出現時，無論是短篇故事或長篇小說，往往會同時出現兩個故事、三個故事，或者更多。故事與故事之間，有時可以對話，有時則是各說各話。讀者的任務，不再只是旁觀而已，而必須主動把看似毫不相干的情節、故事連接起來。

後設小說的魅力

台灣開始出現後設小說，大約在一九八〇年代初期。從黃凡出版《賴索》[3]之後，新的寫作技巧隱然浮現於台灣文壇。那部小說，第一次出現對權威、真理、信仰提出嚴厲的質疑，也第一次呈現歷史記憶與現實社會之間，一定程度的落差。不久之後，有

《我記得》（聯合文學提供）

張大春《公寓導遊》[4]、《四喜憂國》[5]的嘲弄手法。那是一個歷史交替的重要年代，舊的典範即將式微，新的價值觀念也正要浮現。在政治即將換場的過程中，所有的歷史記憶，再也無法固守它原有的合法性。稍後有朱天心的《我記得》[6]、林燿德的《一九四七高砂百合》，又有後來的平路（1953-）《行道天涯》[7]。這些小說作品，都指向一個記憶的不確定性。這種風氣的浮現，自然是相應於當時威權體制出現動搖的跡象。政治權威即將退場之前，過去挾帶而來的所有知識論，包括文學教育與政治教育，都不再是知識分子的信仰。

---

3 黃凡，《賴索》（台北：聯合文學，二〇〇六）。
4 張大春，《公寓導遊》（台北：時報，二〇〇二）。
5 張大春，《四喜憂國》（台北：時報，二〇〇二）。
6 朱天心，《我記得》（台北：聯合文學，二〇〇一）。
7 平路，《行道天涯》（台北：聯合文學，一九九五）。

所有的記憶都是一種政治學。也就是說，包括傳記與回憶錄在內的歷史書寫，都充滿了選擇性的記憶。何者應該彰顯，何者應該遮蔽，端賴書寫者的主觀判斷。彰與隱之間的策略，本身就是政治。正史屬於官方歷史，那是一種訓誨式或懲惡勸善的書寫。歷史呈現本身，完全依照統治者的需要。稗官野史的文字紀錄，往往被視為不可信。如今，已經證明官方歷史存在太多的忌諱與逃避，雖然它占有正統的地位，卻傳播不實的歷史。非正統的民間筆記小說，或鄉野傳說，有時反而存在真正的事實。中國傳統正史是一種紀傳編年體（biographical chronicle），是依照時間先後以及人物權力的大小來排列。這種序階式的書寫（hierarchical writing），只在鞏固權力中心，完全不顧史實的真偽。

確切而言，正史與野史之間的區分，完全是權力運作在作祟。如果正史的編撰早就滲透了太多的後設技巧，則當代後設小說的書寫策略，就不以為怪。台灣後設小說大約有幾種模式，一種是不再依照時間順序去建構小說，一種是利用既有的歷史故事，在縫隙之間遊走，一種是挑戰歷史記憶的真偽，一種是挑戰真理與謊言之間的拉扯。

金庸武俠小說之所以那樣迷人，便是在歷史事實的罅隙中來回穿梭。他對帝王的年號從來不去挑戰，反而把歷史紀錄作為小說的背景，擺脫史實的侷限，使他自己虛構的故事獲得發揮的空間。這種書寫策略，本身就已經有後設的意味。但是，基本上他還是遵照時間先後的排列，寫出一個完整的故事。到了九〇年代以後，台灣小說家更辛勤去挖掘後設小說的技巧。林燿德撰寫《一九四七高砂百合》，是最典型的錯位書寫。自從解嚴以來，有關二二八事件的記憶重建，以及相關的文學創作，可以說非常豐富。但是，只要討論二二八，大約都出現一個固定的模式，就是國民黨屠殺台灣人。林燿德把一九四七年二二八當日的歷史情境，移植到原住民被壓迫的記憶。他擴大到荷蘭時代原住民的處境，一路走到戰後初期的高山生活。這是一種對刻板印象（stereotype）作顛覆性的詮釋。我族中心論（ethnocentrism）常常強調，自身長期受到強權的壓迫，卻往往忘記在同樣的空間裡，不同族群所遭到的種族壓迫。這是一種強悍有力的書寫，把同樣的時間錯置在不同的空間，就會產生截然不同的歷史記憶。

後設小說在於強調，歷史記憶或事件過程從來不是線性發展，而是以一種跳躍的、拼貼的方式來組合成一個特殊的經驗或記憶。平路所寫的《行道天涯》，便是利用國民黨正史裡面的孫中山故事，予以重新改寫。黨史所塑造的偉人形象，簡直是無懈可擊。但小說家選擇鋪陳偉人旁邊一位小女人的身世，特別是孫中山去世後，立即升格為國父，而小女人宋慶齡也在一夜之間突然被尊為國母。已經去世的孫中山早已不知國父的滋味為何，而宋慶齡以三十歲的年齡，卻無端晉升到那樣的位置。往後無盡止的時間裡，一個活生生的女性身體，簡直要與一個無上尊崇的國母對決。如果是平民的話，她可以默默守住自己的名分。不幸的是，當她成為國母時，卻要為四萬萬五千人守寡。那種無形的鞭笞，等於在凌遲一個充滿情慾的肉身。這種後設技巧，便是在大歷史的脈絡之外，開啟另一條小歷史的敘述，反而可以挑戰所謂正史的虛構與虛偽。

記憶從來不是那麼可靠，但是通過歷史教育的灌輸，自然而然在每個受教者的心靈裡形塑一個穩定的印象。這種歷史教育，其實是權力支配的延伸。無論是帝國或黨國，都是用同樣手法來決定啟蒙時期年輕學子的歷史記憶。張大春的〈將軍碑〉，就在於挑戰父輩對於過去豐功偉業的眷戀。當父親開始沉浸在從前的悲壯戰役時，兒子總是在旁不斷提醒：「父親，那是你的記憶。」這種反諷的書寫方式，不僅區隔了前後世代歷

《撒謊的信徒》（聯合文學提供）

史經驗記憶的不同，也在於指出許多記憶都不免是附麗的、衍生的。他另一篇鬧劇式的〈四喜憂國〉，則是一位知識教育不高的老兵，日夜夢想著要幫助蔣介石寫出一篇「告全國軍民同胞書」。這當然是時代的反諷，也是對權力的嘲弄。明明是謊言，但是受騙的老兵卻信以為真。

張大春寫出規模龐大的小說《撒謊的信徒》，直接介入台灣歷史書寫的真實與虛構。這部小說在於質疑總統李政男攫取權力的過程，完全是依賴生命中的每一個階段，以謊言來掩飾他曾經有過的背叛、不忠與貪婪。在小說裡，出現一個上帝，站在全能全知的觀點，清楚辨識李政男所製造的政治錯誤。而這位上帝，其實就是小說家本人。張大春企圖點出的一個論點是，政治權力往往需要更多的謊言來換取，而歷史也是由連續不斷的謊言連綴而成。他勇敢提出謊言與真理之間的辯證，事實與虛構之間的爭衡。什麼是謊言？什麼是真理？其中最重要的關鍵就在於，只要你相信，它就是真理；不相信，它就是謊言。這種赤裸裸揭露歷史、政治、謊言之間的邏輯關係，正是張大春小說最為迷人，也最為惱人之處。

施叔青所寫的《香港三部曲》[8][9][10]與《台灣三部曲》[11][12][13]，這兩部長篇小說已經為後設技巧提供一個範式。前者以一個小女子作為歷史敘述的中心，後者的第一部《行過洛津》，則是以一個戲子為敘述主軸。這些小人物都生活在社會的底層，甚至是處在歷史最邊緣的位置，他們是無聲的一群，絕對不可能獲得歷史家的重視。然而她刻意在主流歷史敘述之外，拉出一條名不見經傳的精采故事。女性與戲子位居重重權力支配的最底層，在歷史長流裡多一個或少一個小人物，完全不會影響歷史主軸的移動。在小說裡，他們強悍的生命力卻成為歷史翻轉的動力。這種以小搏大的書寫策略，所帶給讀者的衝擊，簡直是雷霆萬鈞。

後設小說的魅力，毫無疑問，遠遠勝過寫實主義反映現實的手法，也遠遠勝過現代主義無意識世界的幽微書寫。作者再也不以一部小說描寫一個故事為滿足，他可以同時經營不同的故事，卻可以剪貼、拼湊而連接起來。過去的讀者在閱讀小說時，是買一送一，如今他們所閱讀的小說是買一送二，甚至送三、送四。其中最大的關鍵，是他們突破語言與文本的格局，開創無遠弗屆的想像力。這樣的書寫策略恐怕還要持續一段時期，這正是台灣文學在九〇年代非常豐碩的主要原因。

8 施叔青，《香港三部曲之一：她名叫蝴蝶》（台北：洪範，一九九三）。
9 施叔青，《香港三部曲之二：遍山洋紫荊》（台北：洪範，一九九五）。
10 施叔青，《香港三部曲之三：寂寞雲園》（台北：洪範，一九九七）。
11 施叔青，《台灣三部曲之一：行過洛津》（台北：時報，二〇〇三）。
12 施叔青，《台灣三部曲之二：風前塵埃》（台北：時報，二〇〇八）。
13 施叔青，《台灣三部曲之三：三世人》（台北：時報，二〇一〇）。

國家圖書館出版品預行編目資料

很慢的果子：閱讀與文學批評／陳芳明著.
-- 初版. -- 臺北市：麥田出版：家庭傳媒
城邦分公司發行, 2015.04
面； 公分. --（陳芳明作品集；7）
ISBN 978-986-344-226-4（平裝）
1. 當代文學 2. 文學評論
812 104004330

陳芳明作品集 07

很慢的果子：閱讀與文學批評

作　　者／陳芳明
責任編輯／林怡君

國際版權／吳玲緯
行　　銷／陳麗雯　蘇莞婷
業　　務／李再星　陳玫潾　陳美燕　枡幸君
副總編輯／林秀梅
副總經理／陳瀅如
編輯總監／劉麗真
總 經 理／陳逸瑛
發 行 人／凃玉雲
出　　版／麥田出版
台北市104民生東路二段141號5樓
電話：(886)2-2500-7696　傳真：(886)2-2500-1966、2500-1967
發　　行／英屬蓋曼群島商家庭傳媒股份有限公司城邦分公司
台北市民生東路二段141號2樓
客服服務專線：(886)2-2500-7718、2500-7719
24小時傳真服務：(886)2-2500-1990、2500-1991
服務時間：週一至週五09:30-12:00・13:30-17:00
郵撥帳號：19863813　戶名：書虫股份有限公司
讀者服務信箱E-mail：service@readingclub.com.tw
麥田網址／http://ryefield.com.tw
香港發行所／城邦（香港）出版集團有限公司
香港灣仔駱克道193號東超商業中心1樓
電話：(852) 2508-6231　傳真：(852) 2578-9337
E-mail：hkcite@biznetvigator.com
馬新發行所／城邦（馬新）出版集團【Cite(M)Sdn. Bhd.(45832U)】
11, Jalan 30D/146, Desa Tasik,
Sungai Besi, 57000 Kuala Lumpur, Malaysia.
電話：(603) 9056-3833　傳真：(603) 9056-2833

封面油畫／林惺嶽
印　　刷／前進彩藝有限公司

■2015年4月30日　初版一刷　Printed in Taiwan.

定價：360元

ISBN 978-986-344-226-4